华文微经典

中国微型小说学会
世界华文微型小说研究会
主持

林　锦

搭车传奇

四川出版集团　四川文艺出版社

图书在版编目（CIP）数据

搭车传奇 /（新加坡）林锦著 . —— 成都 : 四川文艺
出版社，2013.3
（华文微经典）
ISBN 978-7-5411-3651-1

Ⅰ . ①搭… Ⅱ . ①林… Ⅲ . ①小小说 - 小说集 - 新加
坡 - 现代 Ⅳ . ① I339.45

中国版本图书馆 CIP 数据核字（2013）第 027925 号

华文微经典
HUAWEN WEI JINGDIAN

［世界华文微型小说经典］

搭车传奇

DACHE CHUANQI

［新加坡］ 林锦　著

选题策划	时上悦读	
责任编辑	舒晓利　李淑云	
封面设计	所以设计馆	

出版发行　四川出版集团　四川文艺出版社

社　　址　四川省成都市槐树街 2 号

网　　址　www.scwys.com

电　　话　028-86259285（发行部）　　028-86259303（编辑部）

传　　真　028-86259306

读者服务　028-86259293

印　　刷　北京山华苑印刷有限责任公司

开　　本　650mm×920mm　1/16

印　　张　13

字　　数　120 千

版　　次　2013 年 4 月第一版

印　　次　2014 年 1 月第二次印刷

书　　号　ISBN 978-7-5411-3651-1

定　　价　35.00 元

华文微经典

作者简介

　　林锦，原名林文锦，另署名林景。祖籍福建安溪，新加坡国立大学中文硕士，华中师范大学文学博士，新加坡文艺协会受邀理事，新加坡作家协会受邀理事，新加坡锡山文艺中心理事。曾主编新加坡作协会刊《文学》、编辑《微型小说季刊》《锡山文艺》《回响》等刊物。现任职于新加坡考试与评鉴局，兼任新跃大学中文系讲师。

　　从事写作多年，作品以散文、散文诗、小说为主，也写诗歌和评论，研究新马文学。自 2008 年起，担任新加坡大专文学奖诗歌创作奖评审。微型小说《凶手》《奖赏》被录用为华文教科书教材。已出版著作有散文集《园边集》《鸡蛋花下》《乡间小路》、微型小说集《我不要胜利》《春是用眼睛看的》、学术论著《战前五年新马文学理论研究》、儿童文学集《电话风波》。《林锦文集》被列为"东南亚华文文学大系新加坡卷"丛书之一。另编著《苗秀研究专集》。曾获新加坡"罗步歌散文创作奖"首奖、中国"繁荣杯世界散文诗大奖赛"三等奖、中国"人民保险杯全国诗歌大奖赛"三等奖等。

前言

　　有人曾说，地不分东西南北，凡有人类生活的地方，就有华人的身影。话虽有玩笑的成分，但当前华人遍布世界各地，却也是不争的事实。扎根世界各地的炎黄子孙，他们的生活状况如何？他们的情感世界怎样？他们的所思所想何在？……要找到这些答案，阅读他们以母语写下的文字无疑是最好的方法之一。诚然，并不是有华人的地方就有华文创作，但在一些主要的国家和地区，华文创作几十上百年来一直薪火相传所结出的果实，显然也是令人瞩目的。遗憾的是，因为多种原因，国内的读者多年来对海外的华文创作了解甚少。尤其对广布世界各地的华文微型小说这一重要且具代表性的文体，更只是偶窥一斑而不见全貌。"华文微经典"丛书的出版，可谓弥补了这一缺憾。

　　海外的华文微型小说创作，主要分为东南亚和美澳日欧两大板块。两大板块中，又以东南亚的创作最为积极活跃，成果也更为突出。东南亚华文微型小说创作兴起于二十世纪八十年代初，各国在时间上又略有先后。最早开始有意识地从事微型小说的创作，并且有意识地对这一新文体进行探索、总结和研究，而且创作数量喜人、作品质量达到了一定艺术高度的，是新加坡和马来西亚；稍后于新加坡和马来西亚的是泰国，再后是菲律宾和文莱，再后是印度尼西亚。在发展过程中，各国的创作曾一度因具体的历史原因而存在较大的差距，但这一状况在近十多年来正日益得到改善。

美澳日欧板块则因创作者相对分散，在力量的聚集上略逊于东南亚板块。不过网络的发展正在弥补这一缺憾，例如新移民作家利用网络平台对散居各地的创作进行整合，就已显现出聚合的成效。

新移民的创作是海外华文微型小说创作中近十多年来涌现出的一股新力量。尤其是近年来随着作家对当地文化和生活的日渐融入，其创作已日渐呈现出新视野，题材表现也开始渐渐与大陆生活经验拉开了距离，具有了海外写作的特质。

以上是对海外华文微型小说发展的一个简单梳理，而"华文微经典"丛书的出版，正是对这一梳理的具体呈现（为避免有遗珠之憾，丛书也将有别于中国内地写作的港澳地区的华文微型小说写作归入其中）。通过系统、全面、集中的出版，读者不仅可以得见世界范围内华文微型小说创作风姿多样的全貌，更可从中了解世界各地华人的文化与生活状况，感受他们浓郁的文化乡愁，体察他们坚实的社会良知，深入他们博大的人文关怀，触摸他们孜孜不懈的艺术追求。书籍的出版是为了文化和文明的传播与传承，我们希望这一套丛书能实现一些文化担当。我们有太长的时间忽略了对他们的关注，现在是校正这种偏差的时候了。这也正是丛书出版的意义和价值之所在吧。

目录

凶手

他想不到自己竟然是一个凶手。

他坐在一棵椰树下，望着池塘，望着在池塘里游水的几只鸭子。

说真的，他是无意的。为什么会这么巧，一粒石子杀死了它。头顶上的椰子会不会掉下来，打在他头上，杀死他自己呢？他想：这样也好。椰子，掉下来吧！

他已经在这棵椰树下坐了一个上午。

早上，母亲摆了一盆饲料给鸭子吃，叫他看着，不要让邻居张大婶的鸭子过来抢食。张大婶的几只鸭子，都有一公斤重，仗着个子高大，时常欺负他家的鸭子，啄得它们惊慌而逃，然后抢了饲料吃。赶走张大婶的鸭子，是他例常的工作。他一向是用树枝之类的东西，阻吓它们。今早不知怎会捡起一粒石子，向鸭群掷去，不偏不倚，击中了一只鸭子的头部，它扑腾了几下，便软在地上。

这件事非同小可，他只好硬着头皮告诉母亲。

"怎么办？"他问。

"赔人家。"

"没有人看见。"

"没有人看见也要赔，张大婶也是穷人。"结果，母亲提着那只鸭子，去向张大婶道歉，然后过了秤，赔了四块钱。

事情发生后，他便坐在这棵椰树下。椰树的影子，已由西边跑到东边。

四块钱不是小数目，一个椰子六分钱，多少个椰子卖四块钱？

抬头望着椰树，大风把椰树吹得东摇西摆，发出"沙沙沙"的声音，椰子好像要掉下来了……

"亚土，你还坐在那儿发呆，跟你讲过多少次了，不要坐在椰树下。"

他看了母亲一眼，站了起来。

"每个人都吃饱了，你还不去吃，吃了到菜园拔草。"

母亲说着，向菜园走去，后面跟着哥哥和姐姐。

他回到屋里，看见烟鬼父亲蹲在凳子上剔牙。餐桌上搁着四副碗筷，东一堆西一堆的骨头，桌子中间放着一个大盆，盆子里有几块东西。他定睛一看。啊，鸭头、鸭脚、鸭……

他盛了一碗粥，倒了一些酱油在上面，然后蹲在矮檐下，默默地用筷子把粥扒进嘴里，像一个犯人。

诱惑

一

奶奶养了十多只母鸡。

每天下午，阿呆放学回家，都会帮奶奶拾鸡蛋。

每隔几天，奶奶把鸡蛋卖给附近的福和杂货店。

这一天，奶奶没去，阿呆去卖鸡蛋。他用一个铁罐子，盛了十个鸡蛋，小心翼翼地捧到杂货店去。

老板接过铁罐子的时候，阿呆的爷爷从隔壁的咖啡店走过来。

"谁叫你来卖鸡蛋？"爷爷问。

"奶奶。"

老板把鸡蛋拿出来，看了又看，才把铁罐子和一块钱交给阿呆。

二

　　阿呆静静地站在学校食堂的一角，插在裤袋里的右手紧紧地捏着那张折得小小的一块钱纸币。

　　在学校的食堂里，许多同学挤在一堆，阿呆站在一旁，看他们"地甘"（马来文音译，指下注）连环图书。每一张对折的纸片五分钱，打开来，里头有个号码，如果号码和连环图书封套上的号码相同，便中了奖，得到那本连环图书。

　　这时，有个同学中了一本连环图书，雀跃万分地叫喊着，拿着连环图书奔出食堂，几个同学便追了上去，争着看里头精彩的武打故事。

　　阿呆也"地甘"过，但从没中奖。奶奶每天给他一角钱。他一到学校，便买了一张，剩下五分钱，想留着休息时买东西吃，但最后总是做赌注输掉了。他也看过一些连环图书，是同学们在看，他偷偷地挤在后头看的，故事精彩极了。如果能舒舒服服地拿一本在手上，舒舒服服地看，多好。

　　每块挂着连环图书的"地甘"大纸板上，最后总会剩下几本，没有被抽中。有一回，他看见同学买一本二角半钱。啊，一块钱可以买四本。

　　阿呆站在那儿，对着挂在墙上的连环图书发愣，右手紧紧地捏住裤袋里的一块钱纸币。

　　上课铃声响了，他静静地离开食堂，走回课室去。

三

放学回家后，阿呆稀里咕噜地吃了一碗粥，便跑到榕树下荡秋千。

他还是想着连环图书，四本一块钱，不知给同学买去了没有。

奶奶不知什么时候在他面前出现。

"阿呆，你爷爷说你昨天卖了鸡蛋。"

"是……"阿呆哆嗦着说。

"真大胆，偷卖鸡蛋，钱呢？"

阿呆赶快从裤袋里摸出那张折得小小的一块钱纸币，交给奶奶。

"奶奶，我没有偷，你去算算家里的鸡蛋。"

"是啊，我算过了，鸡蛋是没有少，那鸡蛋是哪里来的？"

"奶奶，你不要打我，我每天拾鸡蛋的时候，便收了一个。"

"这也是偷啊！"

"奶奶，你不要打我，以后我不敢了。"

"下次还敢，把你关在鸡笼里吃鸡屎。"

奶奶把一块钱塞进腰间的皮包里，走了。

阿呆用力地荡着秋千，心里想着四本连环图书，心里想着爷爷真是坏蛋。

那只大斑蝶

八月的一个午后。

菜园里的蔬菜和花草被强烈的阳光晒得柔柔弱弱的，挺不直腰板。阿歪的那双小眼睛，躲在一头发烫的乱发下面，微眯着。而在这个时刻，蝴蝶和蜻蜓显得特别有生气，满园飞舞。当一只色彩艳丽的大斑蝶在菜园里出现时，阿歪精神一振，睁着眼，举着手中自制的捕蝶器，小心翼翼地紧跟着那只大斑蝶。他心里想，越大只的，颜色越漂亮的，越好。

大斑蝶似乎要赏尽满园的春色，一会儿飞到凤仙花上，一会儿飞到夹竹桃上，即停即飞。阿歪一拐一拐的，一会儿跟到这儿，一会儿跟到那儿，污浊的汗水流个满头满身。阿歪一靠近大斑蝶，它就飞走了。他不肯罢休，一定要捉到它，这一口气已经咽不下了，非出不可。想起柴杆那班人，他就紧握捕蝶器，眼珠跟着大斑蝶骨碌碌转。

柴杆那班人真可恶，老是欺负他，拿他当笑柄。跛了脚，又不是他的错，跟他有什么关系。他有时候也恨母亲，知道他走路一拐一拐的，还给他取了个名字叫"阿歪"。

大斑蝶还是充满活力，一会儿停在菜心花上，一会儿飞到芥兰花上。阿歪还是不肯罢休，对柴杆这种人，怎能罢休？凭着他的个子高大，就仗势欺人。他在玩弹子的时候，柴杆来了，不是一脚把他的弹子踢到老远的草丛里，就是把它丢进池塘里。有一回，阿歪费了好大的劲儿，才用竹竿打下树梢的一个大杨桃，柴杆刚好经过，抢先捡起来，大口大口地吃，还说很甜很甜。阿歪只能眼巴巴地站在那儿吞口水。又有一次，他辛辛苦苦地把一个风筝放飞上天空，正在为自己的本领高兴时，柴杆出现了，说让他玩一下，想不到他一接过手中的线团，便故意把线扯断让风筝飘走了。这是他花了钱买来的风筝，从母亲的缝纫机抽屉里偷来的线。阿歪忍不住了，抓起地上的石头就往柴杆身上打。结果，阿歪被按在地上吃了一嘴的泥沙。他没有哭，更没让母亲知道。以前他向母亲哭诉过柴杆欺负他，换来一顿骂，说他脚跛，父亲又没了，还不自量，到处游荡，叫他留在家里，少出去惹祸……

大斑蝶不再东飞西窜，它在一棵酸柑树上盘旋，然后停在一片嫩叶上。这是个大好机会，阿歪把绑在木棍上的塑胶袋对准大斑蝶，用力一盖，大斑蝶被捕了！阿歪既紧张又兴奋地把它引进另一个塑胶袋，绑住了袋口，把捕蝶器扔了。

阿歪的心儿，就像困在塑胶袋里的大斑蝶，怦怦地跳。

他走向一棵杨桃树，柴杆、阿发、大舌他们果然在那儿。他远远地就听到他们的笑声：

"阿歪阿歪，头歪歪，脚歪歪，像个大妖怪！阿歪阿歪，头大大，脚小小，走路屁股翘！"

接着是一阵哈哈哈的笑声。

阿歪不睬他们，走到他们跟前，提起塑胶袋，自顾看着袋里的大斑蝶在扑扑地挣扎着。他心里盘算着，怎么引诱柴杆抢去大斑蝶，然后……

他这样想着，柴杆已从杨桃树的枝干上跳下来，一把抢去他手中的大斑蝶。

"喂，这只大斑蝶天天吃花粉，很香的，你嗅嗅看。"阿歪壮着胆子说。

柴杆把塑胶袋慢慢打开，阿歪心里一阵高兴。母亲说过，吸进大斑蝶的鳞粉，鼻子会塌下去。这一回柴杆上当了，让他的鼻子塌下去，一辈子见不得人，看他还敢不敢欺负人。

柴杆打开了袋子，拿袋子的手伸得远远的，把脸侧在一边。那只大斑蝶，爬了出来，拍了几下翅膀，飞到杨桃树梢去了。柴杆他们的暴笑声，和着风吹杨桃树发出的沙沙声，在空中荡漾，久久不去。

阿歪整个人愣住了，接着，他跌坐在地上，放声大哭，两团棉花随着鼻涕从鼻孔流了出来。他真想自己能变成一只大斑蝶，飞到远远远远的地方去。

鸟蛋

在我念小学四年级那年，父母闹婚变，我便寄居在外婆家。

外婆住在乡下，为了方便求学，我也从市区的小学转到乡下的立仁学校读书。

那儿的环境和市区迥然不同。外婆家和学校周围，到处是小径、树丛、野草、小河、菜园、池塘，等等。每天一起身，便投入小桥流水的大自然怀抱中。

因为有几个新认识的同学喜欢养鸟，我也很快地迷上了斑鸠。那"咕咕咕咕"的鸣唱声，是那么悦耳动听。

我们养的鸟，都是自己捉来的。每天放学后，我把书包一丢，就到那丛林深处和菜园去捉鸟。常和我在一起的，是大我两岁的同学大福。

有一回，我在丛林中的一棵番石榴树上，发现了一个斑鸠巢，里头有两个鸟蛋。我非常紧张，没有把发现告诉大福。我决定不再跟大福走在一起了，自个儿天天来观察这两个鸟蛋，等到孵化后，小鸟长了羽毛，再把两只可爱的斑鸠捉回去。

后来，大福告诉我，他在番石榴树上发现了一个鸟巢，里头有两个蛋。我支吾以对，接着向他撒了一个谎："你可要小心啊！那是蛇蛋！"

"没听说过蛇在树上生蛋。"大福半信半疑。

"亏你住在乡下，我从书上看来的，青竹蛇就生活在树上。这种蛇很毒的，被咬了无药可救，你千万不要再爬上那棵树。"

大福终于相信我的话，我嘘了一口气，心中放下一块大石头。

一天，放学后，我偷偷地跑去看斑鸠蛋孵化了没有，却远远地看见大福，他手中拿着一根竹竿，站在那棵番石榴树下，在捣树上的鸟巢。我连忙冲上去阻止他。

"大福，你还来这儿做什么？告诉过你，这儿有青竹蛇。"

"就因为有蛇，我才用竹竿打下那两个蛇蛋。不打破它，再生出两条小蛇，不是更害人？"

我一时不知道要怎样回答，怎样阻止他打破我心爱的鸟蛋。他指着草地说："喏，已经被我打破了，我们快走吧，青竹蛇不是好玩的。"

我狠狠地瞪着他，脱口而出："哎呀！鸟蛋！"

"我又没做错事，干吗骂我？"

这时，耳际传来了"咕咕咕咕"的叫声。我抬头一看，一对斑鸠歇在一棵火焰木的树梢，似乎在控诉："快赔给我两个鸟蛋！两个鸟蛋！"

下毒

李九财走了一段乡村的红泥路，在微弱的月光下，隐隐约约地看到了那间简陋的亚答屋。

一年了，他离开这个地方已经一年了。今天下午刚从戒毒所出来，这是第三次进出戒毒所。上两回，他被放出来，马上赶回家见母亲。除了要母亲原谅他，还发誓重新做人，可是受不了朋友的引诱，他又上瘾了。

这一回，母亲真的失望了，只去看过他一次，说弟妹一个个进学校读书，开销越来越大，只好在菜园里一天摸到晚，没有时间来看他。李九财不怪母亲，父亲在几年前病死，除了他老大不算，弟妹四个，就靠母亲那把锄头吃饭。

其实，李九财也没有脸回去见母亲。他喝了几瓶闷酒，消磨了几个钟头，想去赌馆博一博，最后却借着几分醉意，情不自禁地走上这条从小走惯了的红泥路。

家终于出现在眼前，一阵温暖涌上来，李九财三步并作两步走到屋子的大门前，举起手想敲门，屋内却传来母亲的声音："毒死他，今晚一定会来。"

"你说在饭里下毒，被人知道了怎么办？"是大妹的声音。

李九财心里一冷，倒吸了一口气，退后几步，发出一身汗，人也清醒了些。一向慈祥善良的母亲，怎么会忽然间如此狠毒？他虽不孝，三度被关进戒毒所，没有负起照顾弟妹的责任，但母亲也不能因此而萌生杀子之心。他很想马上冲进屋里，跟母亲理论。但想想，自己这几年来给母亲带来的痛苦，也觉得自己的确该死。天色已晚，进不了家，他只好摸黑踏入菜园一角的小茅屋，倒头便睡。

第二天一早，李九财便被嘈杂声吵醒。他睁开眼睛，天已亮，光线刺热，他又把眼皮合上，觉得全身乏力。

"明婶，我这样做是不得已的，我也不知道你家的狗会过来我家的菜园。"是母亲的声音。

"你不用演戏了！你跟我说过几次，我家的狗去你的菜园，踏死你的菜，想不到你的心肠这样毒，把我家的狗毒死了！"

"我是跟你说过，有狗过来菜园。你不是不知道，阿财的父亲死了，留下大小五个，靠这块地活命。你说每晚都关住你家的狗，从来没有让它跑过来，可是你并没关。"

这时候，李九财知道母亲在跟明婶吵架。明婶是他们的邻居，种的那块地是向他们租的。但自从父亲死后，明婶便赖着不交地租，这也就算了，可她家里养了两只狗，时常在晚上跑到他们的菜园来撒野，把菜园搞得乱七八糟，真的是狗眼看人低。明婶坚决否认是她家的狗。明婶的儿子时常趁没人注意，在篱笆上挖一些洞，好让狗儿钻过去。九财的母亲把篱笆补了又补，再三要求明婶把狗关起来。

李九财这时才恍然大悟，昨晚听到在食物里下毒，还以为要毒死他，他还诅咒母亲狠毒。想到这里，他觉得又羞又愧，立刻翻一个身，坐了起来。

外头又传来明婶的声音。

"你这个女人的心肠那么坏！怪不得克死丈夫，儿子会吸毒，会坐牢，真是老天有眼！"

李九财忍无可忍，抓起屋角的一把锄头，开了门便冲出去。明婶的两个儿子正凶巴巴地站在篱笆边，母亲站在这一头，深陷的眼眶含着泪，几个弟妹蹲在地上拔草，头也不敢抬起来。

明婶看见李九财突然出现，手里还抓着一把锄头，来势汹汹，连忙拉着两个儿子往屋里躲，连大门也关上了。

"妈，从今天起，没有人敢欺负我们了！"

母亲愣住了，呆呆地看着李九财。

他用力地挥动锄头，翻着一畦田的泥土。

手

刘老师被派到中立小学教书后，才知道新加坡还有这样偏僻的地方。中立小学坐落在农村，校舍主要是锌板屋，其中还有两间教室的屋顶是用亚答叶盖成的。

学校偏僻简陋还不要紧，学生一个个脏兮兮的，叫她看了不舒服。

上第一节课时，刘老师便检查学生的指甲，全班没有一个人合格，最脏的是发财，指甲又长又脏。她下令全班同学回家剪指甲，第二天再检查，违令者打手指头。

学生们还算听话，每个都把指甲剪短了。只有发财有问题，左手的指甲是剪短了，右手的没剪，还是脏。问他又不答，只把头压得低低的。老师说话要算数，她用木尺在他的手指头上敲了几下。

隔天再查，发财的右手指甲是短了，但长短不齐，短的短到见肉，还流了血。似乎不是剪的，而是用小刀削的，这个孩子太顽皮了，刘老师又重重地打了他几下手指头。她决定以发财作为反面教材，于是抓起他的右手，对着班上的学生说："同学们，这样的指甲好不好看？"

"不好看！"大家不约而同地说。

"你们有没有见过用刀子削指甲的？"

"没有！"

这时，班长来强说："老师，他不是用刀子，他是用牙齿咬指甲，他不会用左手拿剪刀剪指甲。"

刘老师生气了，罚发财站堂。剪指甲当然要用指甲刀，哪有人用剪刀？用剪刀也就算了，自己不会剪，可以叫妈妈剪呀！

发财的右手指甲还是老样子，更可恶的是，后来，他的双手都染红了！怎么洗也洗不掉，问他为什么弄成那个样子，他又不说。

她处罚了发财，决定放学后，改完作业，暗中去做家访，去找他的母亲谈谈。根据记录，发财的父亲已经去世多年。

到了发财的家，那间简陋的小亚答屋，大门开着，可是没有人。她绕着屋子四周张望了一会儿，看见屋后的菜园里有个又壮又黑的孩子，长得像发财。她上前，果然是他。不远处，有一个中年妇女蹲着拔草，大概是发财的母亲。

发财看见老师，放下锄头，双手藏在背后，羞涩地叫了一声"老师"。

发财的母亲连忙站起来打招呼。刘老师想告诉她发财的卫生问题，不由自主地看了看对方的手。双手泥污，指甲崩裂扭曲，污黑的双手还染上斑驳的红色。她马上知道发财的指甲满是污垢的原因，但不晓得红色的来历。

她礼貌地问："阿嫂，菜有红色的吗？手碰到也红了，我没听说过。"

"哦，不是，那是'红花米'。"发财的妈妈不好意思地看了看自己的手，说，"那是用来染鸡鸭用的。"

"为什么鸡鸭要染颜色呢？"她好奇地问。

"怕和邻居的鸡鸭混在一起，认不出来是哪家养的。"

刘老师脸一热，感到有点儿不好意思。她连忙说今天没事，来参观参观菜园。道了谢，便走了。

她走在乡间小路上，手指头隐隐作痛。

买蟹记

阿生是个很可爱的孩子。

他长得又黑又壮，一丛向上竖起的乱发长在圆形的脸上，远远看去，他的头颅像个带叶子的黄梨。

他时常缺课，问他，总是说和父亲出海打鱼。

我见过他父亲，他说穷苦人家，人手不足，要阿生帮忙。还是那一套：书是读不成了，被分配到 EM3[①]，没有用啦。叫他别读了，一起去讨海，他舍不得学校里的同学和老师。我相信他的话。

阿生虽然长得高大，但从不欺负弱小的同学。他有时也调皮捣蛋，上课时和班上的同学一起胡闹，但看见老师真的发

---

① EM3：新加坡小学曾实行的一种分班系统，按成绩分为 EM1，EM2 和 EM3，EM3 为"差生班"。现在该系统已取消。

脾气时，他会大喝一声，要同学安静，全班马上鸦雀无声。老师们都喜欢他这一点。

有一回，他问我要不要买螃蟹，又新鲜又便宜。问他螃蟹大小。他用左手捉住右手腕，摆了摆右手掌，说手掌这般大。我答应了。

隔天，阿生真的带来了螃蟹，用纸盒装着，还用拉菲草绑紧，挺细心的。他收了我六块钱。我把螃蟹寄放在餐厅。放学回家，打开一看，五只"螃蟹孙"，每只都没有阿生半个手掌大，我啼笑皆非。

第二天到学校，我跟阿生开玩笑，说："阿生，你专门捉蟹子蟹孙啊。""谁说的？多大的螃蟹都捉过。我爸爸叫我带些给老师，他说只只都有老师的手掌那么大。"

我看看自己的手掌，真的不及他那又粗又大的手掌的一半。"那天你说螃蟹和手掌一样大，比的是你的手掌嘛！"

阿生傻笑着，敲了敲自己的头，连声说："笨蛋，笨蛋！"

"阿生，我只是跟你说笑哦。"

过了几天，阿生带来两只大螃蟹，说送给我，算是补偿上回的"螃蟹孙"。

我要他收下钱，才肯接受，他也同意。

从此，我成为阿生的老顾客。每隔几天，他便问我："老师，要不要螃蟹，手掌这样大，我的，不是你的。"

说着便伸出那张又厚又大的手掌。

零蛋先生

易荣山自己也不清楚,哪一位同事先送他"零蛋先生"的绰号。

同事们都相当尊重他,尽量避免在他面前提起"零蛋先生"。其实,易荣山也不在乎别人这样称呼他。

学校里的同事也只知道,易荣山从来不在学生的卷子上打零分,所以得了这个"雅号",但却不知道他为什么不打零分。只要学生的卷子有作答,他便给分,最少也给一分。万一学生交白卷,一个字也没写,无法给分,他便只好在卷子上写个日期。

有一回,同事小李拿了一本四年级学生的听写簿给易荣山看。那个学生听写全错,小李打了个"鸡蛋"。学生改正后把簿子交回来,竟然在那个红笔画的"O"上加了几笔,变成一张咧着嘴巴微笑的小圆脸,像宣传礼貌运动的标志。

"我现在才知道你不给学生'吃鸡蛋'的好处。你看这个小鬼，公然在簿子上画公仔。"小李说。

"是啊，现在的学生真顽皮，我们做学生的时候，哪里敢这样大胆呢？"

"所以你从来不打零分？"小李趁机追问。

"也许是吧。"易荣山微笑着说。

又有一次，另一位同事小陈拿了一张收回来的测验卷子给易荣山看，不用说那份卷子得了零分。那个学生更大胆，在"O"旁边画了一只母鸡在下蛋。

小陈发了一阵牢骚，说今日的学生坏透了，尤其是基础课程的学生，更无药可救。接着，他追问易荣山不在卷子上打零分的原因。

易荣山避而不答，只说：

"他写了这么多字，随便给他几分吧。"

"全都驴唇不对马嘴，怎样给分？"

"我看也许你在堂上说过他测验'吃鸡蛋'，他才想到画一只母鸡吧。"

"说倒有说，每个教师都这样说嘛。"

这就对了，许多教师都这样说学生。易荣山当年念小学时，英文老师也时常在堂上笑他吃了个"鸡蛋"，叫他拿回家给妈妈煮，全班乐得笑起来。他除了默默地接受这个"鸡蛋"之外，没有别的选择。当然，他绝对不敢在卷子上画公仔。只记得有一回，他拿了一张纸，描摹了那个红圈圈，然后在上头加上几根头发，一张嘴角向下垂的嘴巴，和流下几滴泪的双眼。

那种委屈，只有易荣山自己知道。从小便失去父亲，只靠母亲种菜养家，身为家里的老大，他每天放学回家，除了照顾弟妹，还要到菜园里帮忙捉虫拔草，晚上要帮忙整理蔬菜，准备隔天让妈妈拿去卖，根本没有时间温习功课。

给易荣山印象最深刻的是那时的早餐。母亲每天天还未亮便挑一担蔬菜到菜市场去卖。在她出门之前，便放一把米下锅去煮，在锅里放了一个鸡蛋。啊，一个鸡蛋！

他醒来之后，便迷迷糊糊地吃了粥，吃了蛋，上学去。有时候太疲倦了，他睡过了钟，粥给烧焦了，蛋也烧焦了。他只好偷偷地把它倒掉，把锅子刷干净，然后空着肚子上学，空着肚子回家。母亲没有给他零用钱啊。

母亲没有时间理他的功课，也不认识字，只知道成绩单上的"红字"不及格。除了叫他用功一点儿，也没有什么话好说，这是无可奈何的事，虽然易荣山的智力不太差，其他的功课还跟得上，英文这一科却注定要吃"鸡蛋"。在家吃鸡蛋，在学校吃"鸡蛋"。真鸡蛋使他感动，假鸡蛋使他自卑。这段日子真难熬。

后来，家和菜园被逼迁了，地主赔了一笔钱，母亲改行做小贩，生活才慢慢好转，易荣山的成绩也逐渐进步了，最后还考到一张不错的高中文凭，便加入教育界服务。

易荣山当了教员，便决定不给学生打零分。不过这个秘密，他从来没告诉任何人。因此，到了今天，大家只知道他的绰号叫作"零蛋先生"，却不知道他曾经度过一段和"鸡蛋"分不开的悲痛日子。

我不要胜利

今年举办的全国校际游泳比赛，我决定不代表学校参加。同学、老师甚至校长都没有办法说服我。

只要我参加，一百米自由式和蛙式的冠军便是我的囊中物。如果我参加的话，也会大大地增强学校的自由式接力队势力。然而，我不愿意胜利，不愿意在冲刺到终点的刹那，举起紧握的拳头，为胜利而欢呼。

"如果郭勇军还在，我们就不在乎你参加不参加了。"游泳队的队员没办法说服我，都不快地说。

这个说法也不对，如果郭勇军还在，我可以和去年一样，替学校多争取两个亚军。而他们更不知道，我不参加比赛，就是因为郭勇军不在了。不是因为我少了竞争的对象，而是我怕胜利，怕胜利时举起握拳的右手。

他们知道郭勇军是我的同学，是我的好朋友，却不知道他是和我从小一起长大的伙伴。

我们从小在一个乡村长大。在乡村里，有一个很大很深的池塘。我们从懂事开始，便整天泡在那个池塘里。稍长，胆子更大了，便跑到附近的加冷河去游泳。上学后，经过游泳教练的指导，我们的泳技突飞猛进，很快地成为游泳好手，为学校夺取了许多奖牌。

每回比赛，我总是屈居第二。每回游泳比赛，总是看见郭勇军已先抵达终点，举起紧握的拳头。

我想尽办法要击败他，可是，不管我怎样努力，怎样刻苦训练，还是无法超越他。

去年年底，我终于击败他。他失败了，但是，他还是紧紧地握着拳头，向上举起，举得非常吃力，非常委屈。

竞赛的地点，不是在游泳池，不是在河里，不是在海上，而是在一片洪水中。

那个雨季东北季风异常猖獗，三天三夜的倾盆大雨，我们的乡村已变成泽国。到了傍晚，我们从学校回来时，由于河水猛涨，我们的家园已成一片汪洋。我们的家在地势较高的路口，洪水只深及膝盖，但在路的尽头处，靠近加冷河一带，大水已淹没屋子的窗口。

大家议论纷纷，说我们的同乡，孤苦伶仃的江婶，为了多拔一些被水淹没的蔬菜，没有趁早离开，结果被困在屋子里。她家附近的几根电线杆已被水淹没，可见水有多深，江婶有多危险。勇军决定去救她，叫我同往。

这时天色渐黑，水位不断上涨。我们双双游向江婶的家，游在一片滚滚的大水中，又紧张又刺激。我一时心血来潮，向勇军挑战，以江婶的家为终点，他不置可否。我不管三七二十一，向前方猛冲。

到了半途，我听到勇军的喊叫声："水生，救我！"

他想使诈，让我停下来，好赶上来，我才不上当，一口气游到江婶的家，举起胜利的手势。

我回头一看，勇军没有跟上来。等了一阵子，还是没有他的影子。我看江婶躲在小阁楼上，距水面还有三尺多高，大概暂时没有危险。我立刻游回去，但找不到勇军。他会不会临阵退缩，跑回家去了。可是查问之下，他并没有回家，难道他沉在水里了？

这时，当局派来的拯救人员陆续赶到，他们用橡皮艇和小型摩托船，疏散被困在大水中的灾民，汪婶也获救了。可是，勇军呢？这时，天色已黑了，到处是黑沉沉的大水，如何去找他呢？报了警，警方出动蛙人搜寻，但一无所获。

那晚，我度过了有生以来最漫长最焦虑的一夜。

第二天下午，我终于找到了勇军，他紧握着右拳，向头上举起，他的表情，是那么的痛苦，那么的委屈。他不是浮游在水上，也不是立在水中，而是卧倒在洪水退后的一摊泥水里。

你说，我这一生还有资格举起胜利的手吗？

信仰

　　我和赐福的友谊，可说是建立在共同的信仰上。这里指的，不是宗教信仰。相反的，我们两人都具有反宗教反迷信的叛逆性。

　　我们在乡村长大。那里的迷信风气特别盛，事不论大小，都要问神求签。过年过节，除了祭祖先，还要拜"大伯公"之类的神灵。祭拜祖先没话说，拜"大伯公"我坚决反对。记得在小学念书的时候，每次看见母亲烧纸钱给"大伯公"，我总是大胆地批评母亲。说那张镶在镜框里的画纸有什么好拜的，烧了一大堆用金钱买来的纸钱，不如每天多给我一毛零用钱。当然，每回都被母亲骂一顿，说我年幼无知，冒犯神灵。

　　赐福的叛逆性比我还强。听说他曾经把"大伯公"的香炉倒个干净，拿来养几只蝴蝶。不用说，他得到应有的处罚。先是被关在鸡笼里，四周起火用烟熏，熏到眼泪直流。

然后在"大伯公"面前罚跪三个钟头。那种处罚想来是不好受，但却无法除掉赐福的叛逆性。他看不能在家里跟"大伯公"作对，便到庙里去捣蛋。

村子里的神庙有好几间，关帝庙、天公坛和包公府等都是。庙里的神，形形色色，从刘关张到包公，从玄天大帝到齐天大圣，不一而足，后来才知道多数是中国古典小说里的人物。

我们放学回到家，把书包一丢，便到处去惹是生非。有时候也到庙里去，看见没人，便胡作非为。扯断千岁爷的胡须，用泥巴塞住张飞的大嘴，或者摘下包公的帽子，拿关公的大刀当玩具。

啊，那都是二三十年以前的事了。

现在，那个村子已经发展成为政府组屋区了。我们也各奔东西，没有机会时常在一起，但还保持联系。据我所知，到今天，赐福和我一样，都是无神主义者。

我比赐福小一岁。我的女儿已经四岁了，才收到赐福结婚的请柬。

他打电话通知我非出席他的婚宴不可，还说："真拿准岳母没办法，说今年结婚是忌肖牛的。"

最近朋友请喝喜酒，我总是先把礼券寄去。这次也不例外。自从几年前当了建筑督工，生活忙忙碌碌，工作无定时，随时加班，连喝喜酒的机会也少了。不过，这次是赐福结婚，非去不可。我一收到请柬，便跟老板说，希望到时无论如何，要让我去赴宴。老板也答应了。

赐福结婚后几个星期，他拨了个电话给我："你真不够朋友，那晚为什么不来？许多老同学问起你呢！"

"我是打算去的，可是临时……"

"临时加班？又是这一套。"

"不是，孩子临时找不到人看。"

"把她也带来啊，老朋友还客气什么。"

"你不知道，我家有三头牛，公牛母牛倒无所谓，可是那头牛女……"

"哈哈哈……"

"哈哈哈……"

大家笑了一阵，一时也不知道要讲什么才好。说声再见，便把电话挂了。

鸟笼

那个山坡，长满了灌木和野草，一片绿。在绿丛中，露出一小片黄褐色的土堆，上面有枯叶，有沙粒，还有稀疏的小草。

就在这个时候，从树梢飞来了两只斑鸠，降落在泥地上，啄食地上的沙粒。

他仔细一看，不是两只，而是三只。其中一只斑鸠的脚，绑着一条绳子，绳子的另一端绑在钉入泥地里的铁条上。他知道是怎么一回事，是有人布下陷阱，正在捕捉斑鸠。用尼龙线制成的"活圈套"，插了一地，丝线再细，也逃不过他的眼睛。

他扫视附近的树丛，终于隐隐约约地看到一个皮肤黝黑的赤膊少年，正躲在树丛后面，一脸瘦削，正探头探脑地窥视地上的猎物。他的身边，还搁了一个形状如大南瓜的鸟笼，大概是用来装那只他自己带来的斑鸠的。

是阿呆，那个幼年丧父的农家孩子。母亲整天在田地里忙着，无暇照顾他。每天放学后，他把书包一丢，便去钓鱼捉鸟，放风筝玩石弹子……

　　这时候，一只斑鸠突然挣扎着，拍动着翅膀，但爪子已被尼龙线缠住，飞不起来。另一只见状，惊惶失措，一飞冲天。躲在树丛里的孩子，闪电似的冲出来，跑向那只猎物。说时迟，那时快，他的脚被一块石头绊倒了，整个人滚下山坡……

　　他用双手抓一抓头发，那是一场梦吗？环顾四周，还好没有人。这是大学中央图书馆最僻静的一个角落，几张书桌躲在书架后面，很少有人来这儿做功课，何况现在是大学假期。

　　他再往玻璃窗外的山坡看，那两只斑鸠还在那儿，悠然地啄食。但是，赤膊的少年呢？鸟笼呢？

　　赤膊的少年就坐在高等学府的图书馆里，他已穿上整齐的西服，还戴上一副银边眼镜。他面前摆着的，不是养打斗鱼的玻璃瓶，不是自制的鸟笼，不是住着蝇虎的火柴盒，不是……而是一本本厚厚的书，一沓沓厚厚的讲义。

　　他是一只斑鸠，一只被围捕的斑鸠。为了生活，他一步一步走近笼门。现在，他不是被关在笼子里吗？这是个设备现代化的大笼子，有冷气，有灯光，有书……书中有黄金屋。

斑鸠关在笼子里，会拼命地啄食主人给它的饲料。他关在笼子里，拼命地啃着教授指定的参考书。

当年为什么要把斑鸠无限期地囚禁在鸟笼里？它啄食春天，它啄食阳光，它听风，它听雨，它没有罪过。

再看窗外时，两只斑鸠已经飞走了，山坡上的阳光，也跟着斑鸠回到天的尽头了。

他什么时候可以飞？什么时候可以背着阳光回家？

庆祝

　　妈从菜市回来,比往常迟,快十一点了。

　　她一踏进门槛,把一担竹箩放下,黑黑瘦瘦的脸微笑着。自从爸在几年前去世后,就没看到妈这样笑过。

　　我们一家六口,就靠这个担子生活。蔬菜便宜得很,菜心的批发价每斤才四角,蕹菜两角,葱好一点儿,七八角一斤。妈在凌晨四点便挑了几十斤蔬菜去卖,只卖十几块钱。遇到年底多雨,菜园淹水,连草都活不了,更甭说蔬菜了,日子真不好过。

　　今天妈高兴,可能是蔬菜涨价,多卖了几个钱。大姐走近竹箩,去拿妈买回来的东西,准备做午餐。妈通常买些豆芽、豆腐、咸菜、咸鱼,偶尔买鲜鱼,猪肉贵,一个月顶多买两三回。

　　"哇,妈今天买这么多水果!"大姐喊了起来。

　　我和二姐、三姐、四姐都冲上前去,往箩里一看。苹果、橙子、梨，一种一包。我都记不得上回吃水果是什么时候了。仔细一看，箩里还有一块烧肉、一条大鱼。

我们望着妈，她还在微笑着。

"阿花，捉一只鸡杀了。"

"杀鸡？妈，要留着卖的。"二姐说。

"你们已经很久没有吃鸡肉了。"

"好哇，有鸡肉吃了，我去捉。"

三姐和四姐兴冲冲地跑出去。

"妈，到底什么事，买了这么多东西，还要杀鸡？"大姐问，"这不是要花很多钱？"

"一共九块多，菜只卖了六块钱。我在菜市听说十二支开六三，中了一百块，从来没中过这么多。想到你们平时也没有好的吃，每个瘦巴巴的不长肉，就多买了。"

妈吩咐我们在家里等着，肚子饿了就先吃水果，她去向收十二支的乌九嫂领钱。妈走后，我们七手八脚地抢水果吃。我吃了两个，一个苹果、一个梨。大姐和二姐各留下一个给妈吃。

二姐牢牢地抓住鸡的脚和翅膀，大姐准备宰割它的咽喉。

这时，妈回来了，一声不吭，满脸愁容，大姐把刀子搁在地上。

"没有中。"妈淡淡地说。

"不是开六三？"

　　妈摇摇头，说："写错了。"

　　二姐手上的鸡挣扎着，扑跌在地上。她手脚顶快，把鸡脚上的绳子松了，说："不杀了。"

　　妈没说什么，从板壁上取下斗笠，戴上，抓起墙角的锄头，搁在肩上，默默地向菜园走去。

　　看着妈佝偻的背，给锄头压得更驼了。我们都没说话。二姐和三姐默默地跟在妈后面。大姐用手背擦了擦眼睛，开始生火炊煮。

　　桌上，那块烧肉，那条鱼，一个苹果，一个梨，也默默地对看着。

遗著

听到老王逝世的消息，一群朋友都为他叹息。老王年底就退休了，他已拟好退休后的写作计划。现在，他却匆匆地走了，一切付诸流水。

老王是我的同学，我们都喜欢文艺。那是五十年代初期，爱好文艺的青年学生，胸膛里都盛着一盆盆燃烧的炭火。我们写作、搞出版、组织文艺活动，老王总是走在前头。他那支笔，锋利无比，所写的文章，在那个搞学运的时代，能掀起千层浪，获得很高的评价。

高中毕业后，我继续升学，老王积极前进，决定到社会上闯，体验人生，以丰富他的生活经验，作为战斗的粮草。自此，我们各忙各的，很少联络。起初还常在报纸上看到老王的作品，后来慢慢少了。近三十年来，不再看到他的作品。

我们偶尔在老同学的聚会上碰面，大家还是不忘文艺。老王说他高中毕业后，换了好几个工作，为了一家六口的生计，奔波劳碌，少摇笔杆了，一年写它几篇，也不急着发表。退休后，领了一笔公积金，不再为"五斗米折腰"，再好好地写几本东西。

在今年的春节聚会上，他还这样表示。想不到事隔不到一年，他却突然走了，听说是心脏病。

我们几个喜欢文艺的老同学，决定在老王的丧事办妥后，找出他的遗稿，替他整理成集子出版。

说来惭愧，等到老王走了，我才第一次到他府上。他的太太是个只受过小学教育的家庭主妇，对他写作的事，一概不知，只知道他生前在书橱里放了好几包东西，稿子应该在里头。我悲喜交加，抱了十来个大信封就走。

一路上，我的情绪起伏，有点儿激动。老王始终没让我们失望，在生活的煎熬下，他还能坚持不懈地写作，为我们留下一些文学遗产。

到了家里，我迫不及待地打开存放老王遗稿的信封。他把遗稿装订成册。我一本一本地翻，我的心不断地往下沉。他的遗稿如下：五十年代文稿、组屋装修单据、水电费单据、电话费单据、所得税单据、公积金单据、孩子学杂费和课本单据、杂货店单据、博弈和贺礼单据各一册，合计九册。

这些就是老王几十年存下来的东西。

奖赏

　　一提起她的独生子安东尼，爱丽丝便感到自豪。不是吗？不过十岁，就那么自立，一切都不用她操心。

　　爱丽丝当会计师，她的先生是一名旅馆经理，两人每天从早忙到晚。安东尼出世后，便由女佣照顾，从小听话惯了，不吵也不闹。安东尼现在念四年级了，除了补习老师每周来两次，其余的时间都是自己温习功课。华文成绩稍差一点儿，其他各科都在九十分以上。

　　安东尼有自己的房间，是他的小天地。放学回家后，他静静地在房里做功课，玩电脑游戏，看电视节目，晚上也自个儿睡。

　　爱丽丝庆幸有个乖儿子。安东尼要什么，她都买给他，从来不拒绝。安东尼每逢测验、考试及格，爱丽丝都给他金钱做奖励，至于数目多少，视得分高低而定。

　　有一天，爱丽丝心血来潮，告诉安东尼下次的华文测验如果能考获九十分以上，他要什么都可以。她知道儿子的华文从没破九十大关的纪录。

几个星期后的一个晚上，爱丽丝下班回到家，发现安东尼显得特别开心，吃晚餐时还多添了半碗饭。她满腹狐疑，到底什么事能使安东尼那么开心，可是她故意不动声色。

安东尼终于忍不住，拿了华文测验卷给爱丽丝签名。

"哇，九十二分，我的宝贝，你真行。"

"妈咪，你答应过我，要是华文测验超过九十分，我要什么都可以。"

"我差一点儿给忘了，你要什么？你说，我的心肝宝贝。"

安东尼畏畏缩缩地说："我今晚要和妈咪一起睡。"

"就是这些？"爱丽丝一怔。

他默默地点了点头。

爱丽丝把儿子搂在怀里，久久说不出一句话。

乒乓球拍

记得那天，和谢老师打了五局球。这么多年来，我第一次打败他，心里确实有点儿得意。他休息了一会儿，说有事，便先走了。

我和其他球员继续练球。打完球，准备离去时，我发现谢老师的乒乓球拍搁在靠墙的椅子上，我便把它带了回去。我心里有点儿纳闷，谢老师向来做事很细心，每回打完球，总是再三检查有没有把拍子带走。这回却忘了。会不会他输给我了，静不下心来。

我在小学读书的时候，谢老师便教我打乒乓球。我现在已经念中四了，谢老师也改行经商。几年来，我们时常在一起打球，一起切磋。我的球艺还是不如他。谢老师知道我年底要参加一个乒乓球公开赛，技术又提升不上去，心里很急，感到懊恼。他时常安慰我，鼓励我。他说不要把胜负看得太重，过程比结果更重要。

我打电话给谢老师，告诉他拍子的事。他说暂时放在我这儿，最近他要到外地走一趟。问他到哪儿去，逗留多久，他都说还没有决定。放下电话前，他说："打球只是生活的一部分，只要尽力就行了，胜败乃兵家常事。"

接下来的几个月，我每隔几天便打个电话找谢老师。他的家人都说他在台湾接洽生意，还没回来。谢老师还叫他的家人转告我，那把球拍留着用，木质还很坚实，只是胶皮旧了，换个新的，还是可以用的。

我用他的拍子打球，手感不错，只是胶皮的弹性不够，击球力道不强，球不够旋转，前冲的爆发力也不够。我佩服谢老师，他用这把拍子，却能打出诡异多端的球路。

有一回，我在练球时，不小心刮破了球拍的胶皮，我只好买新的来换。当我撕开拍上的胶皮时，整个人怔住了，木板上端端正正地写着一些小字："勇敢奋斗，争取胜利。万一败了，虽败犹荣。"

我这时才知道，谢老师留下这把球拍，用心良苦。我感到十分惭愧，自己球打不好，学业成绩也平平，还怀疑老师输了球不开心。

经过半年的奋斗，我的球艺终于有所突破，比赛名列前四，进入国家副选队。同时，我也顺利升上高中。谢老师，第一个我想和他分享快乐的人，却音讯全无。在夜深人静时，我抚摩着乒乓球拍，感触良深。

有一天，谢老师突然在球场出现。他瘦了，步伐也没有以前那么稳健。我紧紧地握着他的手，问他离开的这些日子可好。他微笑着，说不能打球了，同时撩起左脚的长裤管。我怔住了，是一条义肢。

　　谢老师说，他患了骨癌，左脚截掉了，经过一场艰苦的战斗，才保住了性命。他很高兴有机会回来看我。

　　我感到眼眶一股湿热。

　　"你别难过，应该替我高兴才是。"

　　我右手紧紧地握住谢老师的手，左手紧紧地握住谢老师的球拍，在我眼前站着的，是个模糊而伟大的身影……

急促的打字声

夜幕低垂，大学校园里一片寂静，只有十来个学生默默地在图书馆里做功课。

刘华从图书馆出来，走了一圈，透过玻璃窗，无奈地望着图书馆角头的那个座位。上面堆放着几本参考书、一本英汉词典，还有一些凌乱的笔记。其实根本称不上笔记，只是一堆不成句的英文字，里头掺杂了很多错字。这时，他忧郁的眼神接触到几个年轻小伙子，他们握笔疾书，笔尖不停地在纸面上划着，就像划在他的心上，笔笔淌血，使他的心感到阵阵的剧痛。

为什么会毅然丢下干了八年的工作，到大学去深造呢？其他不利因素不说，大学的教学媒介从华文改为英文，他的英文不好，怎么可能和他们英校生竞争呢？讲师授课，最多听懂三成，更不用说写了。他低声下气地跟同学借笔记，看不懂，好像画符咒。他要求过用录音机录课，但讲师不答应，班上只有视觉有问题的裕发被准许录音。

他第一天上大学，便认识裕发。刘华想过请裕发帮忙，他录下讲师的每堂课，笔记一定很完整，向他借来复印，那是再好不过的，但又耻于开口。他想，一个视力健全的人，却要向一个残缺者求助，太没面子了。

课程的内容搞不清楚，交作业的日期又迫近了，怎么办？刘华在图书馆周围徘徊了一阵子，终于踏上通往大学宿舍的一条小径。昏黄的路灯照得他的心情更加沉重。他觉得自己已尽了一切努力，还是无法生存，现在顾不了尊严，只好向裕发求助，这是最后的一线希望。

找到了宿舍底层的十号房，听到里头传来"嗒嗒嗒"的打字声，刘华充满了希望，喜悦地敲了敲门。

门开处，里面一片黑暗，他十分惊讶，脱口问："裕发，你怎么不开灯？"

"我认得你的声音，刘华，进来坐。"裕发顺手开了灯，说，"对我来说，开不开灯都一样。"

"对不起。"刘华说。

"今天怎么有空来看我？"

"真不好意思，我来请你帮忙。"

接着，刘华说明来意。

"啊，我的笔记？你看得懂吗？"裕发从架子上拿了一张卡片纸递给刘华。

刘华接过，看到上面根本没有字迹，全是凸起的点子。他愣住了，羞惭得说不出话来。为什么这么无知呢？还以为裕发完完整整地抄了笔记。

"我怎么看得见字呢？我是用手摸的。"裕发说，"你借了录音带也没什么用，讲师讲得又快又含糊，有时我花几天的时间才整理出一节课的笔记。"

"谢谢你了，裕发，我再想办法。"刘华丧气地说。

"我们都是可怜的人，我的眼睛瞎了，看不见东西，你的头脑残废了，不能应付功课。"

"我的头脑并没有残废。"刘华激动地说，"我从小学到高中是读华文的，现在要我用英文，当然没有办法应付。"

"对不起，我的比喻不恰当，我无心伤害你。"裕发搓揉着他的双手说，"我靠双手从小学摸到大学，相信我，你有一双明亮的眼睛，你一定会成功的。"

刘华用感激的目光看着裕发那双各有半个黑眼珠的眼睛，看着他那双摸了十多年"字"的伟大的手。

告辞出来，刘华咬紧牙关，向那座庄严的图书馆走去。背后传来了"嗒嗒嗒"的打字声，又急又响，他情不自禁地加快了脚步。

优等生

颁奖典礼的仪式一完毕，贵宾、家长、教师和得奖的学生鱼贯走出礼堂，到餐厅用茶点。

大家围在一起边吃边谈，焦点人物当然是去年的毕业生吴国材。他高中会考成绩优异，获"哥伦坡"奖学金，将在今年八月到英国深造。许多老师，不管有没有教过他的，都笑吟吟地跟他握手，向他祝贺，心里似乎在说，吴国材是我的学生，学生是高才生，老师当然也不赖。

我站在一个角落，静静地喝着茶，静静地看着吴国材神采飞扬地高谈阔论。他今天穿白色的长袖 T 恤衫，深黄色的西装长裤，还打了一条棕色领带。这身装束，配上那自然卷曲的头发，倒有点儿像英国绅士。

我始终没有上前去跟他打招呼，虽然我教了他两年华文，他是我的学生，真正的学生。去年的事，我还不能忘怀。

那是年中会考过后，接近成绩放榜的一天，吴国材在上课时突然对我说："老师，A-Level 华文考试出来后，如果我华文及格，我要大大庆祝，叫你来参加。"

"华文考及格，的确值得庆贺，"我问，"你要怎样庆贺呢？"

"吃喝唱歌跳舞都有，最重要的是，我要在大家面前烧掉华文书。"

话如闪电，给我当头一劈，我愣在那里，一时说不出话来，接着却不想说话。

成绩公布后，国材的华文刚刚及格，他有没有举行庆祝会，有没有烧毁华文书，我不知道，也不想知道。

这时，国材走到我面前，跟我打招呼。

"老师，你有没有替我高兴？"

"恭喜你得到'哥伦坡'奖学金。"我说。

"谢谢你，你还在生气？"

"已经过去了，希望你听我的劝告。"

"老师，华文 very boring。"

"我并不敢劝你继续学华文，"我说，"希望你到英国后，不要跟外国朋友提起烧华文书的事。"

"刚刚我说给英文老师 Mr Chua 听，他笑得要死，还说外国同学听了，一定捂住肚子大笑。"

我听了，径直往 Mr Chua 的方向望去。他正起劲儿地在跟几位英文老师说话，接着全都发出震耳欲聋的喧笑声。

这个颁奖典礼，也在极其欢乐的笑声中结束了。

一枝独秀的水仙

会考成绩公布时，有人欢喜有人愁。学生这样，教师也如此。

光荣中学的华文成绩突飞猛进，高达九十四巴仙，华文老师个个眉开眼笑。英文及格率却大幅度下降，得四十九巴仙，英文老师个个愁眉紧锁。校长玛格烈·汤小姐眉开眉锁，似喜似忧。

神采最飞扬的当然是华文科主任小王。小王年纪轻轻，浑身是劲儿，调来光荣中学当主任才两年，便有这般成绩，前途大好。说实话，功劳是全体华文老师的。因为小王人好，大家肯合作卖命，才有今天的成绩。

汤校长交代明天要跟华文老师开会，讨论如何提高英文成绩。

华文老师突然长高七公分，那种次等公民的自卑心理烟消云散。风水轮流转，英文老师终于要诚诚恳恳地向华文老师学习了。大家马上想起小王。他此次立下汗马功劳，耀升副校长指日可待，于是半捧半哄，乐得小王掏腰包请大伙儿吃一顿。

餐毕，小王笑嘻嘻地宣布："谢谢各位赏脸，饭没有白吃的哦，请各位回家做功课，题目是《如何提高学生的英文成绩》，准备明天在会上发言。"

隔天一早，小王先召集华文老师，共商开会时应对之策。他把各老师连夜准备的理论稍加调整分配，然后安排各老师发言的次序和说话重点，由他总结陈词。

开会前十分钟，由小王领头的十二人队伍，每人各抱了一个厚厚的文件夹，昂首挺胸，脚跨大步，井然有序地走进会议室。

坐定，汤校长身着一袭白裙，翩然而至。

她恭贺大家，华文成绩进步神速。

"谢谢密斯汤领导有方。"大家异口同声地说，音步整齐得不自然。

汤校长皱了皱眉，神情转为严肃，脸色青黄青黄，犹如水仙遇着严冬的皑皑白雪。

大家面面相觑。

"我昨天已经和英文老师开过会了，他们提出了许多提高英文成绩的方法。他们共同的结论是，只有在你们的大力协助之下，英文成绩才有可能提高。"

大家微微一笑，点头，手轻轻地触动文件夹。

"为了提高生产力，今天的会议很短。因此，我不希望各位提出任何问题或发表任何意见。"

大家好像触了电，手快速地从文件夹上弹开。

"我虽然留学英国，喜欢吃西餐，但也喜欢吃中餐。你们想想，现在是进餐时间，在我面前放着一盘中餐和一盘西餐，我该怎么办？"

"对不起，我忘了不要你们发表意见。我的答案是，最好的办法，是两盘都吃。但我的胃只能容纳一盘。所以，最好的办法，是一盘吃一半。不要忘了，中餐比较难消化，营养也比不上西餐，现代人肠胃的消化力都比较弱，最好的办法是西餐多吃一点儿，中餐少吃一点儿。"

大家觉得有点儿胃胀，小王请的那一顿中餐，好像不容易消化。

"我不是在谈吃，我是用它来比喻学英文和华文。你们知道吗？英文教学讲究趣味性，我用吃引起动机，你们便有兴趣啦。你们要学生多学华文，很自然的，他们便吸收不了英文。我的意思是，要提高学生的英文成绩，只有靠你们通力合作。我并没有说华文成绩不重要，你们要想出一个办法，在尽量减少学生花时间学习华文的情况之下，又能同时使学生保持或提高华文的考试成绩。"

大家都望着小王那块像调色板的脸。

"我再打个比方，我们的学校是一个花园。今天，你们看见花园开满了花。如果一眼望去，都是菊花，只有几朵不显眼的康乃馨，不是很单调吗？我知道花园里同时种了菊花和康乃馨，可是菊花比较适应这里的土壤气候，容易生长，抢走康乃馨的肥料。你们要设法让菊花开得一样多一样美，但不要让它蔓延开去啊。"

大家缩缩鼻子，闻不到花香，只嗅到冷气会议室的香味，春天里水仙盛开的气味。

"我们不要冬天，我们要春天，要百花齐放的春天。我很诚恳地向各位呼吁，帮帮忙，让康乃馨或胡姬或其他的花有更多生长的空间，让百花齐放，不要一枝独秀。会议结束，谢谢各位。"

说完，一袭白裙飘向门口。

大家直直地瞪着一枝独秀的水仙。

青春的桥梁

康明一早踏进办公室，发现桌上搁了一本杂志——《青春》。他把杂志推到一旁，心里嘀咕着：不知道哪个女同事又把杂志乱放在桌上。

"老师，早安。"

康明刚坐下，背后便传来了一个女生的声音。

"早安。有什么问题吗？"他一听便知道是中四甲的李小兰。她手中果然又捧着数学课本。

"有些习题不会做。"

李小兰站在康明的桌旁，看他埋头讲解数学课题，口中漫应着。康明两回抬眼看她，都发现她的视线落在《青春》上，看她不专心，康明有点儿不悦。

李小兰搞通了问题，道了谢，走了。

同事老陈走到康明身边，小声说："小康，你可要小心，连女生也给你迷住了。"

"老陈，这可不能乱开玩笑。"

"我去年教过她，怎会不知道她的数学顶呱呱，根本不会有问题。"

"她做我的女儿还差不多，我已经四张半了。"康明口里这么说，心里却有点儿不安。

放学的时候，《青春》还搁在桌上。康明顺手拿起来翻翻，其中两页打了折。翻开一看，一个大标题在眼前："勇敢地去爱，就算是老师"，底下是两封一问一答的信。

询问信是这样写的："晓春姐姐：我今年十六岁，是个中学生。我已偷偷地爱上我的数学老师。他是个很成熟很稳重的中年人，虽然他已经四十多岁了，但样子很年轻，看上去三十岁。为了接近他，我常常找问题问他。在上数学课时，我无法专心听讲。老师并不知道我对他的感情。晓春姐姐，我该怎么办？——艾莉丝上。"

康明似乎不敢相信自己的眼睛。信中写的老师，分明就是他，而写信人应该是李小兰。他接着看回信，希望信箱主持人会给她一个正确的答复。

"艾莉丝：还在求学的少女爱上老师，是很平常的事。爱情是自由神圣的，要爱得轰轰烈烈。老师也是人，也需要爱情。你可以技巧地暗示老师，你对他的感情，静观他的反应，预祝你成功。——晓春。"

康明感到气愤，师生恋不应该被鼓励，何况两人相差三十岁。他现在才想起来，桌上那本《青春》，显然是李小兰放的。

他在李小兰面前，绝口不提那件事，以免使她难堪。他要设法扑灭她心中不健康的爱苗。

三个月后的一个早上，康明的桌上又出现了一本《青春》。他翻开"青春信箱"的栏位，看着一封读者写的信："晓春小姐：你替青少年解答难题，指点迷津，令人敬佩。在第115期，你在给爱莉丝的回信里，鼓励师生恋。我不同意你的看法，教师先完成学业，后出来做事，一定比学生成熟。女生拿男同学和老师比较，老师在各方面便显得很特殊，结果很容易对老师产生爱慕之情。这种感情是虚幻的，女生长大后，必然会发现以前的老师并不是那么了不起，而以前的同学，个个才华出众。若女生嫁给老师，这时相信她会后悔。这是我个人的看法，希望贵刊能发表，让织梦年华的女生参考，谢谢。——李鸣。"

其实，康明早已看过这封信，这是他化名写的。

一张字条飘落下来，康明拾起一看。上面写着：

"老师：谢谢您的开导。——艾莉丝。"

信

在赴重要约会时碰上雨,我的心总是一片阴霾。我喜欢向日葵,笃信朗朗晴空会带来好运。

我开着"万事达"向国立师范学院的方向前进。车表上的长短针指着一时四十分。距面试时间还有二十分钟。偏偏赶上这阵赤道雨,路面滑溜,我不敢冒险开快车。

从小就把教书当作第一志愿,由于大学考不到特优,觉得没有资格为人师表,便去当公务员。我这一次会决定申请到师院受训,改行当教师,还是听了余老师的规劝。

在去年的高中毕业生聚餐会上,余老师再三鼓励我当教师,劝我申请进师院受训。他说当教师最重要的是要有爱心,成绩还在其次,何况我的成绩也不差。余老师当高中老师时,继续进修,后来考取哲学博士学位,现在在师院执教,是老师的老师。想到自己若被录取,又可以听余老师的教诲,便有点儿兴奋,但这种温暖的感觉很快地便被车窗外的雨水打湿了。

车子才转入师院的双程车道，便看见前方路中央有东西在打转。我的心跟着打转。我刹住车，定睛一看，是个邮差，中年，个子高大。我下车，左手撑伞，右手去搀扶他。一个弱女子，怎么扶得起一个大男人？他如一堆加了水的泥瘫在地上。他说不行了，脚扭伤了，可能折断，要我帮他把信件拾起来，不要给雨淋坏。我这时才注意到横躺在路旁草地上的"史古特"周围散了一地的信件，还有他那顶帽子。

无助之际，传来了汽车的喇叭声。我一阵惊喜，一位男士驾着一辆汽车徐徐驶过来。他调下自动玻璃窗，伸手示意叫我让开。一看，秃顶圆脸，让我认出是余老师。我正要喊他，车窗已关上。车子也跟着左闪、右拐、前挤，车轮从一些信件上碾轧而过。

我来不及整理我的思绪，迎面来了一辆的士。司机几乎在车子还未停住时便跨出车外，如箭出弦般冲上前，双手抓住邮差的双臂，把他扶到车上。我除了撑伞遮他们，不能做什么。

"我打电话叫救护车。"我说。

"不必了，我载他到医院，你把信拾起来。"

"还是我载他去，你要载客。"

"没关系。"那个壮硕的中年司机说着，便把车开走了。

我把信件全都拾起来，放在车后的储物厢里。完成了这个任务，我的裙角全湿了。

上了车，时间是二时半，面试已误了。想回头走，又不情愿，反正要打电话通知邮政局这桩意外，我拨了电话，邮政局说会马上派人来。

我抱着不妨一试的心情，步上二楼面试。秘书小姐看见我的狼狈样，杏眼圆睁。我把不幸的"雨中遭遇"告诉她，她一脸同情，领我到面试室。她敲了敲门，把门推开，我探头一看，里头有五位男士，余老师也在里头。秘书小姐告诉他们我已报到。余老师和坐在居中位子的一位先生耳语一番，然后对我说："黄小姐，很抱歉，你来晚了。"

我退了出来，先是愤怒，接着是无奈。邮政局派人来把信件拿走后，我也随着离开。

天空还是一片阴沉沉的，连雨树也垂头丧气，向日葵更不知要朝着哪个方向期待。

当晚，余老师，哦，不，是余博士，来电说："喜晴，院长最讨厌人家迟到，他认为还没当教师就迟到，以后不可能成为一个好教师。你知道，我做不了主。"

"余博士，你的车子碾过的信，好的信，坏的信，我全都给送走了。"

我想这么说，结果还是慵懒地挂上电话。

也是英雄

孙二想了几天几夜，终于决定接受这份差事——装扮成猩猩，逗弄狮子取悦观众，美其名曰表演现代猴子戏。

他这一生真的活得不像人。自小便死了父母，有一餐没一餐的。先是在一家武术馆里打杂，学了一些拳脚。后来，他舞过狮，参加过殡仪馆的乐队，当过乩童，走过江湖，卖过膏药……现在五十多岁，动作慢了，体力也不济，连这些偏门行业也沾不上边，失业了很久。倒没有想到会去当猩猩。介绍人还说，当猩猩还勉强可以，当猴子不够灵巧，还没人要呢！

先拿回一件猩猩的皮套，在家里穿着，练习猩猩的动作举止，然后才正式去上班。那是博览会主办当局的噱头，为了吸引观众，特别安排了这个节目。

到了表演地点，孙二吓出一身冷汗，他说不干了。

"一百块钱一条命，不干，我老孙的命虽贱，也不止值一百块钱呀！"

负责人可紧张了，都已经做了宣传，观众也络绎不绝地涌来。今天这个节目不上，怎么向观众交代，要换节目已经来不及了。

"就算我求你，一天多五十块。"

孙二不出声，仔细打量那个关住狮子的铁围栏，有一间组屋房间的长阔，高六七米，围栏上方，挂着一张用粗绳编成的网。他的任务就是沿着围栏的顶端走圈圈，还有以双手拉着网绳，来回横越围栏上空。凭他的底子，这些动作难不倒他，可是看见围栏里的那头狮子，他的心就发毛，万一掉下去……

"老孙，怎么样？你就快化装出场了，那头狮子经过特别训练，绝对不伤人，绝对安全，你再不放心，我替你买保险。"负责人可急了。

"保个屁，我寡老一个，烂命一条，保给谁？不如再多给我五十块！"

"好，一言为定，二百！"

孙二想，趁这个机会，一个月赚它几千。反正自己活得不像人，万一死了，也就算了。

在观众的期待和掌声中，猩猩终于出场了。这头猩猩起初在围栏上方走圈子时，还挺自在的，因为那头狮子伏在地上，动也不动。当猩猩的上肢抓住头上的网绳，摇摇晃晃横越围栏上空时，那头狮子突然站起来，纵身一跳，用前爪出力向猩猩扑过去。孙二这时已经吓得屁滚尿流，越想快点儿越过围栏，双手越发软。那头雄狮好像几天没有喂饱，大吼一声，又是一个纵跃，孙二"扑通"一声掉在围栏里。

观众发出一阵阵尖锐的惊叫声。

他没有受伤，连爬带跳地冲到围栏边，狮子追上来，把他按在地上，张牙舞爪，张开的血盆大口就对着他的头部。

观众又发出一阵阵尖锐的惊叫声。

"嘘，你不要怕，找机会爬上去逃走。"

好像有人在孙二的耳边说话，注意再听，像是观众发出的声音。

孙二这时不知从哪儿来的勇气，握起右拳，朝狮子的脑门连续几拳，他想起武松打虎也是这样打的。

观众起了一阵骚动，猩猩打狮子还是第一次看到，而且那几拳的动作，虎虎生风，岂是猩猩所能为？

就在这时，狮子瘫软了下来，连声说："哎呀！不要打了！不要打了！"

孙二这时才清醒过来，整个人扑倒在狮子身上，真是人吓人，吓死人。

观众哗声四起。

孙二又失业了。钱没赚到，却得了一个绰号："打狮英雄。"

爸爸回来了

　　父亲不知什么事出远门，一去就是几十年，那晚忽然回来了。

　　家里那两只狗，对他不停地狂吠，缩鼻露牙，样子很凶。祖父走出门外，吆喝两只狗。可是它们不理，继续吠着，前脚扒在铁丝网上，后脚立地，好像要爬越篱笆。

　　祖母见状，持着拐杖走出来，朝狗儿身上猛打，骂道："连主人也不理？该死！"狗儿退下篱笆，来回兜圈子，吠声不止，不肯罢休的样子。

　　我和大哥接着出去解围。我仔细一看，那两只狗，一只纯黑，高高瘦瘦，一只黄褐，比较矮小，不像家里的阿黑和阿黄。我正感诧异，大哥告诉我，这两只狗是第三代了，阿黑和阿黄早就去了。

　　看到我们兄弟，狗儿倒听话，乖乖地趴在地上。我打开栅门，让父亲进来。他却摇摇头，转身就走。

祖父和祖母喊着父亲的乳名，跟了上去。这时，我大声说：

　　"爸爸，到底是怎么回事？我们盼望了三十多年，现在你难得回来，却又要走了。"

　　大哥也说："爸爸，你不理我们，也不要使阿公阿婆伤心，他们天天等着你回来。"

　　父亲头也不回，继续向前走，祖父祖母蹒跚地跟在后面，不断地喊着父亲的乳名，渐渐地走远了。

　　这回一定不能让父亲离开，我不顾一切，飞也似的冲上去。可是一不小心，被一块石头绊倒了，整个人扑在地上……

　　我拼命挣扎，爬不起来，口中一直喊着爸爸。

　　大哥拉我起来，说："怎么搞的，滚下床去。"

　　在我不到三岁那年，父亲便去世了。几年前，祖父母也先后离去。最近，我们离开老家，搬到政府组屋去住。狗呢？也流浪去了。

　　就算他们想回来看我们，知道我们现在住在哪儿吗？

鱼

游罢动物园，许菲立和朱玛丽带安妮到大欢海鲜餐馆。

安妮在动物园让动物逗乐了一个下午，现在看到餐馆门外水族箱里的鱼虾螃蟹，高兴得直拍手，那双四岁女孩的大眼珠，跟着水族箱里的几尾大红鱼滴溜溜转，长长的睫毛一闪一跳。

菲立陪着女儿，指指点点，他叫玛丽先进去点菜。他看见安妮开心，感到欣慰。

安妮三岁那年，一个很放很放的女人把她的父亲征服了。明知道他有妻儿，说什么做小的也好，总之跟定他。后来，她和菲立的关系终于被菲立的妻子发现了。

玛丽催了又催，菲立才带着安妮就座。

"安妮，玩得高兴吗？"玛丽拿着一张纸巾，抹干安妮脸上的汗珠。

"阿姨，我好开心。"

"安妮真乖。"

玛丽笑着，向菲立打个眼色。

她内心的喜悦，菲立最清楚。半年来，玛丽千方百计地接近安妮，讨好安妮。只要安妮接受，她便可以名正言顺地成为许太太。

第一道菜上来了，是鱼。

"安妮，你最喜欢鱼。那，刚才你看到的那种大红鱼。清蒸的，很新鲜。来，阿姨拿给你吃。"

安妮一眼望过去，白色的盘子上躺着一尾大鱼，红艳艳的、腹鼓鼓的母鱼。

玛丽拿起刀叉，就要往鱼身一插一切，安妮的脸色突然大变，变得惨白，大声惊叫："不要！不要！"

安妮"哇"的一声，哭着喊妈妈。

菲立不禁打了一个冷战，马上把安妮紧紧地抱在怀里。他眼定定地注视着那个雪白的大瓷盘，直挺挺地躺着一尾大红鱼，眼睛睁得大大的。那个下午的情景立刻重现眼前：雪白的床单上直挺挺地躺着妻子，穿着一袭红艳艳的睡袍，一动也不动，眼睛睁得又圆又大。安妮赖在床上拼命哭，拼命摇，拼命喊妈妈……

"我要妈妈、妈妈……我要回家……"

"好、好，回家。我们回去吧，她是哄不住的。我回头给你电话。"

"不知道你那死鬼老婆怎样教她，一点儿爱心也没有，亏我对她那么好。"

玛丽说完，气冲冲地走出餐馆。

安妮把头埋在父亲厚厚的肩膀上，呜呜地哭着。

雨

这阵赤道雨，下得真大，也下得真久。

她坐在车厢后部靠窗的一个座位，一脸闷闷不乐的神情。

路上的车辆很多，巴士司机放慢车子行驶的速度。她感到懊恼，上班族的懊恼。如果她乘坐丈夫的摩托车，在路上如穿花蝴蝶般东闪西钻，向前挺进，便不用尝交通阻塞之苦，也不用担心迟到了。

和一般女性一样，她并不喜欢乘坐摩托车。那令人讨厌的钢盔，把辛辛苦苦梳好的发型糟蹋了。遇到下雨天，更是狼狈不堪。

她丈夫和她同事，是公司的督工，向来使用公司的车子。就在两个月前，公司的经济出现危机，实行紧缩银根政策，停止提供车子给督工使用。她要他买一辆汽车。他想到公司已经停止加薪，又取消午餐和车费津贴，无形中减了薪，而且随时会被裁退。要维持一辆汽车，不但吃力，而且冒险。因此，他决定买一辆摩托车代步。他当然无所谓，还没有升做督工之前，便骑着摩托车到处打工，至少也有三五年。但是她可不同了，总算念过大学，坐在摩托车上抛头露面，真不是滋味。记得第一次乘坐摩托车上班，公司里的同事便七嘴八舌地说个没完没了，她受了一肚子委屈。当天下班，她死也不肯跟他回去，自己搭巴士回家，那晚免不了大吵一顿。后来经过他多次的规劝，她才勉强坐上他的摩托车。

这时，巴士转了一个弯，便停止不前。雨水从关上的车窗的隙缝流进来，溅在她淡灰色的裙子上。

"这种鬼天气，不迟到也得迟到，真倒霉。"她自言自语。今早，乌云密布，狂风大作，她知道会下大雨，所以坚持搭巴士上班，又跟他吵了一架。

"哇！死亡车祸！"车上的一个男搭客突然说道。

她下意识地望出窗外，只见交界处，两辆汽车碰撞在一起，一辆摩托车和一辆脚踏车却平躺在汽车旁边的路面上。令人触目惊心的是，在摩托车的旁边，躺着一个人，用几张报纸盖住，只露出一双脚板。

她有一种不祥之兆，仔细看摩托车的牌子，那号码使她眩晕。

她不顾巴士司机的阻止，扭转车门的自动开关，从后门冲下巴士，飞奔到出事地点。围观的人起了一阵骚动。

"大平！你不要死！"

随着一声划破阴冷天际的哀号，她整个人栽在他身上。湿透的报纸，被她用力一拥，破烂不堪，露出一张老汉的脸。她一时惊吓得颤抖不已，接着又感到不知所措。

这时，一个青年从人群中出现，手臂流着血，一拐一拐地走上前。

她惊呼一声，冲上前，把他紧紧地抱住。

爬满她脸颊的，有泪，有血，也有雨。

礼 物

吴莉嫁给方齐，今年已经进入第七年。

方齐是一家跨国公司的总经理，月入数万元。吴莉婚后索性把工作辞了，在家种花养小动物，上馆子逛百货公司，生活过得很得意。

方齐对太太好，不动歪脑筋。他是个工作狂，不注重生活细节。如果说这是缺点，也无不可。

真正的问题却出在"七"字上。专家警告说，对"七年之痒"不可掉以轻心，很多婚姻都是在这个时期触礁的。吴莉在上了一个爱情专家的课后，对这个说法更深信不疑。她把抱回家的一大沓《婚姻指南》当作《圣经》。吴莉当然没让方齐知道这件事，爱情专家说的，千万不能让另一半知道，否则后果不堪设想。

"一个真正爱妻子的男人，会时常送合适的礼物给妻子，尤其是在婚后的七年之内。如果不是这样的话，婚姻将会随时亮起红灯。"

《婚姻指南》上有一段文字这样写。

吴莉看了胆战心惊。方齐除了在结婚一周年纪念日送她礼物外，至今未曾再送任何东西给她。难道他……吴莉终于主动地向方齐提起送礼物的事。

"我不是不想送礼物给你，你也知道，我没有时间去选，也不知道什么东西合适。"方齐说，"就这样吧，星期天我们一起去买。"

"不行，我自己选的，没有半点儿神秘感，就不算礼物，你如果真的爱我、关心我，你会知道我要的是什么。"吴莉说。

"好吧，送错了别怪我。"

吴莉打蛇随棍上，提出一年要三份礼物：情人节一份，生日一份，结婚纪念日一份。

情人节先到，吴莉接过礼物，亲了一下方齐的脸，说："你不能进来。"

她把卧室的门锁上，慢慢地拆开礼物的包装纸。一枚闪闪发光的钻石戒指出现在眼前。她深深地吸了一口气，从抽屉里拿出《婚姻指南》，翻到这么一段文字：

"如果你的丈夫送给你的是一枚合你的无名指佩戴的戒指，那要恭喜你了。如果戒指太松或太紧，表示你的丈夫不曾怜香惜玉，不知道你身上到底有多少肉。"

吴莉抖动着左手把戒指戴在右手无名指上，试了又试，脸色白了又青，青了又白，戒指只合拇指戴。

吴莉走出卧室，方齐笑着问："还满意吗？"

她把戒指和气话全部丢在方齐身上：

"你连老婆长得怎样都不知道，是不是希望我像猪一样胖，你可以去找另一个女人！"

方齐吃了一惊，强忍住，说："干吗发这么大的脾气，我去换一个小的。"

"不必了，免了，没意思！"

他们为了这件事冷战了一个星期。

吴莉的生日就到了，方齐为买礼物而伤透脑筋。买什么好呢？最后只好请教公司里的一些女职员。

吴莉接过生日礼物。她不像上一回那样兴奋，就在方齐面前拆开礼物。她一面拆礼物，方齐一面观察她的脸色。他终于把脸埋在双掌中，只听到瓶瓶罐罐和吴莉的声音一起倾倒在地板上："你明知道不能送化妆品给老婆的，你买化妆品给我是什么意思？嫌我老了？丑了？不化妆见不得人？"

接着听到房门"砰"的一声关上。方齐才把头抬起来，不停地摇。

他们为了这件事冷战了一个月。

方齐没有办法亲手把第三份礼物交到吴莉手上。他被公司委派到北欧接洽一宗大生意。公司要他全心全力地投入工作，不准他带家眷去。为了这件事，吴莉还赌气搬回娘家住。经过方齐再三地恳求，她才搬回来。方齐答应她，到了北欧，一定买一份最好的礼物寄回来。

方齐走后，吴莉才发觉他的重要。一天不见方齐，日子真难过。想起为了礼物而和方齐吵吵闹闹，真是荒唐。

这时候，邮差却送来了一封信。

寄信人是方齐，吴莉百思不得其解，现在还写什么信？

她拆开信，里面写着："请相信我，用手中的火柴把《婚姻指南》烧了。幸福就掌握在你手中。"

吴莉顿时发觉，这是她最需要的礼物。

旁观者

抄完最后一个字，吴达成感到无比的轻松。他拿起稿件，整个人往床上一抛，愉悦地阅读着刚完成的精心杰作。文章是这样写的：

我的朋友跟我说了一件小事，一件他看了很不顺心的事。

话说几天前，他在一个车站等巴士，附近突然发生一起车祸。一辆轿车撞到另一辆轿车的尾部，前面那辆车又撞到一个骑脚踏车的老人。

老人所载的鸡蛋撒了一地，都摔烂了，人也受了伤，坐在路边痛苦地呻吟，而出事的那两辆轿车的司机，正在那儿指手画脚地理论着，不顾老人的死活。

这时候，引起了许多路人的围观，他也挤上去看。有一个小女孩，说要去打电话叫救护车。她的母亲拉住她的手说："不要多管闲事。"

我的朋友看了实在冒火，孩子在学校里接受了良好的道德教育，却被家长的自私观念击碎了。

有三个年轻人，在那儿"推来推去"，他们应该是朋友，甲叫乙去打电话，乙叫丙去，丙又叫甲去。结果，他们都以不会讲英语为借口，没去打电话。

他看了更加冒火。那个脸色发青的老人的膝盖血流如注，还不赶快去叫救护车，实在是岂有此理！

在这危急的当儿，有一个老者，拄着拐杖，蹒跚地走到附近的公共电话亭打电话。想是叫救护车。

老人的行动，使我的朋友深受感动。为什么这么多年轻力壮的人，竟见死不救，而这位风烛残年的老者，却挺身而出？

不久，救护车把伤者送去医院，人群也就散了，他也走回车站。

听完朋友讲述的故事，我要谴责的，不是那个女孩的母亲，也不是那三个青年，而是我的朋友，他既然有助人之心，为何不去叫救护车，反而站在那里看热闹？

我正要教训他一顿，他却溜走了。

吴成达把文章看了一遍，觉得相当满意。他搓了搓手，端端正正地坐在椅子上。他给文章加上题目《谁之错》和笔名，然后把稿纸折了，塞到信封里，写上地址，贴上邮票。

他决定马上去投邮，邮筒就在附近那家咖啡店前面。

吴成达自己时常引以为荣的，就是冲劲十足，尤其是写作。提起写作，他感到自豪。他不是为了名，更非为了利。他的出发点是正确的：教育大众。

他走在路上，发现车子不多，已经七点多钟，路灯还没有亮，大地显得比平常暗。这时候，他听到几声长鸣的车笛，便放慢了脚步。接着，传来一阵紧急的刹车声，他立刻止步。"砰"的一声，他随着向后转，看见一辆的士停在路中间，一辆脚踏车和一个人摔倒在的士前面。他吃了一惊，想上前去，却发现那双脚在动，接着站了起来，是一个衣衫褴褛的中年人。那个人走到路边，坐了下来。而的士仍停着，司机却没有下来，好像要把车开走的样子。他想走上前去问问那个被撞倒却能行走的人，到底是怎么一回事，是否需要到医院去。

这时候，还是没有人围上来看热闹。

可是他想那个人既然会走，应该没有受伤。他刚才跌在马路中间的单白线上，看样子是他的错，过马路只过了一半，站在路中间，妨碍了车辆的穿行，这是不遵守交通规则，让他吓一吓也好。

这样想着，他发现对面那座三层楼建筑物的走廊，许多人头在挪动。他才发现自己还愣愣地站在那儿。他顿觉不好意思，他们不知道有没有看清他的脸孔。他毫不犹豫地迈开脚步，朝邮筒那个方向走去。

他把稿件丢进邮筒里，完成一个任务。他步入咖啡店，在一个角落的座位坐下，要了一杯咖啡。

他一边喝着咖啡，一边想着刚才发生的事。

那个的士司机一定畏罪开车逃走了。车上的两名乘客，他们声言要报警。结果，司机不收他们的车费，要他们别报警。那两个乘客终于接受了贿赂。为了区区的几块钱，顿失人性……

想到这里，吴成达微笑着。他立刻起身付账，决定回家写另一篇教育大众的作品。

估价单

老婆做了一件了不起的事。

做了二十多年电器修理的生意，我发现近年来工人难请。而且请了难侍候，斤斤计较，动不动就要求加薪，狮子大开口。不加，就跳槽去了。

一年，圣诞节已近，生意很旺，工人阿木嫌超时津贴不够，要求加倍。钱老子有，最讨厌人家趁机敲诈，不加。结果他走了。

阿木走后才着急。虽然只是上货下货，扛扛抬抬的工作，临时去哪里找人？庆幸的是，我那个念完初中三的儿子，自告奋勇，说反正假期闲着没事，要来帮忙。你行吗？我从头到脚看他一眼，才发觉他长得比我高大，力气应该有。好吧，就试一试。

他体内毕竟流着老子的血，能够吃苦，挨到圣诞节前夕，收工放假。"老爸，酬劳怎么算？"问题来了，父子讲钱伤感情。"你开一个价吧。"他递来一张单子，上面写着：电子音乐器材一套，约三千元。

我叫他把单子交给他母亲，由她去处理。不久，她也开了一张单子给儿子，副本交给我备存。单子上面写着：

一、纸尿片 30 片装 36 盒；

二、牛奶粉 2000 克装 340 罐；

三、泰国香米 1200 公斤；

四、鲜鱼 5000 条；

五、肉类 600 公斤；

六、蔬果 800 公斤；

七、鞋袜 75 双；

八、衣服 280 套；

九、其他（医药费、书籍费、学费、杂费、车费、零用钱等），3 万元；

十、15 年精神负担，无法估价。

单子来往之后，结果如何，我没有过问。

接下来几年，每逢学校假期，儿子总是自动到公司帮忙，直到大学毕业。他再没提起过酬劳。

精神与肉体的抗衡

本篇微型小说可分为数种读法，请参阅导读排列顺序。

（一）1、6、2、7、3、8、4、9、5、10、11。

（二）6、1、7、2、8、3、9、4、10、5、11。

（三）1、2、3、4、5、6、7、8、9、10、11。

（四）其他。

1．陈老走进房间，取下摇篮，用一条尼龙绳打了一个圆圈，套在天花板的钢钩上。他双手拉住尼龙绳，双脚一缩，身体腾了上去。这样上下试了几次，证明钢钩够牢固，才满意地把摇篮挂回去。

2．陈老走进厨房，在煤气炉前站住。他开了煤气炉的开关，火便着了。他关了，再开，开了，再关。一阵风从敞开着的玻璃窗吹进来，火熄了。他缩一缩鼻子，嗅到煤气的臭味。他打开煤气炉的门，把煤气筒的开关掣扣紧。

3.陈老走进客厅，探头窗外，看见停车场的几辆车子，像几个不同颜色的纸箱，不禁把眼睛紧紧一闭。十八层楼，跌下去只有一个结果，跌进十八层地狱。他把头缩回来，张开眼睛，探索着有没有椅子、凳子一类可以垫脚的东西靠在窗口下。他把窗户关了，上锁。

4.陈老走进房间，拉开抽屉，拿出一罐药丸，端详着。标签上说明，勿放置在小孩儿能触及的地方。药名是安眠药。他用力把罐盖转紧，拉一把椅子，把药罐放在衣橱的最高处。

5.陈老走进厨房，在碗柜旁拿了一瓶清洁剂。想起住在乡下的时候，隔邻的一个青年喝了杀虫剂，在地上打滚挣扎呼号呕吐的痛苦样子，他不禁打了一个冷战，连忙把清洁剂收在壁橱的最高层。

6.小宝睡的摇篮一定要稳固。万一摇篮掉下来，后果不堪设想。陈老就只有这么一个孙子。

7.小宝整天往厨房跑，小手爱抓东摸西，要是扭开煤气炉的开关，火又熄了，煤气不停地排出来，后果不堪设想。陈老就只有这么一个孙子。

8.小宝最好奇，如果爬上椅子、凳子，小脑袋往窗口一探，一失足倒栽下去，后果不堪设想。陈老就只有这么一个孙子。

9.小宝嘴最馋，要是把抽屉里的安眠药当糖吃，一口吞下几粒，后果不堪设想。陈老就只有这么一个孙子。

10. 小宝最好玩，喜欢含一根吸管吹泡泡，万一把清洁剂当泡泡液，一口一口地吸进去，后果不堪设想。陈老就只有这么一个孙子。

11. 陈老试了摇篮，关了煤气筒，锁了窗户，把安眠药和清洁剂收在高处。这些都无法说服儿子，让小宝留下来。儿子的理由是：不担心小宝的肉体受到伤害，只担心小宝的精神受到折磨。儿子决定把小宝带走，带到远远的西方去。

陈老的尸体被发现乱七八糟地堆在公寓的楼下。查案人员发现一个很不寻常的现象：陈老的房里有煤气筒一个、安眠药一罐、清洁剂一瓶、尼龙绳一环，窗开着，窗口下靠墙的地方有椅子、凳子各一张。

陈老的死，是肉体受到伤害，还是精神受到折磨？

没有结论，判为悬案。

风花雪月

风

台风来得比往年早。渔民还想趁刮起八号风球之前多捕一些鱼。想不到那风，宛如从海底钻上来，把浪推上天。一只只渔船被数十丈高的浪一抛，船底朝天打了一个转，没入海中。渔民的惊叫声、呼救声、号哭声给风声结结实实地压着。风呼呼地吹。

花

风的呼啸令人心惊，枪声炮弹声令人胆战。人们在睡梦中被爆炸声惊醒。敌机在头上掠过，发出震耳欲聋的轰鸣声。房子倒了，着火了，人死了，伤了。太阳升起，万众一心，发起卖花筹赈抗敌运动。一朵花，可以救一个同胞的性命。十朵花，可以换一颗炸弹，捣毁敌人的营房。此刻人人手中持着一朵花。

雪

冬天，大雪。山脚下的人家，个个躲在屋子里，穿着破旧的棉袄，围坐在炉火旁取暖。屋外，雪越下越大。山，让白皑皑的雪厚厚地盖着，颤巍巍。轰隆一声巨响，雪崩！雪崩！山脚下的人家，给白皑皑的雪沉甸甸地压着。炉火灭了，呼吸停了。只见雪花依然纷飞。

月

夜，细雨霏霏。天边一角，挂着上弦月。迷蒙的海上，一团团的黑影在摇晃，诡秘地向陆上的目标前进。靠岸、登陆，像一群黑压压的蚂蚁。手中抓紧的枪，插着闪着寒光的刺刀。守军向着北方的水域前进。背后突然传来枪声，纷纷在摆错方向的大炮前倒下。此刻月色正朦胧。

风花雪月

稿子寄出去的第三天，便退了回来。编者在稿末写道：本报副刊走的是现实主义路线，欢迎反映社会生活的作品，恕不刊用风花雪月的文章。

平等原则

对男子来说，三十五岁结婚并不迟。

大学毕业后，我便为自己定下择偶的条件：第一，对象是大学毕业生；第二，婚后的生活费由双方分担。理由很简单，大学毕业生收入较高，婚后有了孩子，若还要继续做工，请用人才划得来；强调平等，是天经地义的事。这个时代，样样男女平等，婚后生活费总不能全靠丈夫一个人负担，而做妻子的却把所有的收入当作私房钱。

老实说，如果我不坚持平等原则，早已儿女成群了。现在教育普及，大学毕业的女性满街都是，倒是同意"平等原则"的却难找。所以一拖再拖，最后只好靠电脑做媒，才找到和我一样坚持平等原则的贞做老婆。

我们在恋爱时，已遵守平等原则，费用各出一半。婚后当然不成问题，个人和家庭的开销都记录下来，月底结账，总数除二，一人出一份。相安无事。

老婆在会计公司工作，办事认真仔细。她的个人费用，无论大小，记录得清清楚楚，连喝一杯奶茶八毛钱也入账。我是在银行做出纳员的，虽然对金钱也颇敏感，但生平最痛恨鸡零狗碎的零钱，所以从不理三五毛钱的开支。

过了三个月，我发现不大对劲。我的费用只占总支出的十巴仙，却要付一半，平白多交了四十巴仙。有一回趁老婆不在家，拿她的账目来查看一下，才真相大白。老婆的化妆品和服装，一个月就花了几百块钱，而我三个月只买两件衬衫，五十元还不到。

最后只好提出交涉，个人穿着和在外面的饮食自理，只有两个人共同花的钱才算公账。为了这件事，我们打了一个星期冷战。后来，我的平等原则总算通过。

又过了三个月，我想应该有个孩子，便跟老婆商量。

"以后孩子的生活费怎样算？"老婆问。

"一样嘛，平等原则。"

"一点儿也不平等，生孩子是女人的专长，你要给我多少酬劳？""怎么可以这么说？你也要靠我的合作啊！"

"以现在的时价，一个婴儿至少值三万块钱，你不给我不生。""孩子是我们两个人的爱情结晶啊！"

"我的子宫租给孩子住，每个月租金不到三千块钱，不算贵吧！"

"为了平等，还是领一个回来养算了，钱一人出一半。"

离婚

在律师楼里。

一对三十岁左右的男女严肃地坐在邓律师面前。

"离婚证件已经准备好了,在还没有签名以前,请你们再考虑清楚。"

"我慎重地考虑过了。"男的说。

"这是由我提出的,不用再考虑。"女的说。

"那好吧,你们再仔细看证件的内容,然后签字。"

离婚证件的内容是这样的:

我们因为情不投意不合,无法继续在一起生活,因此,我们决定即日起正式离婚。此后,男女双方可自由婚嫁,另一方完全无权干涉。我们两人所拥有的房子、汽车,以市价折算,各得一半。客厅、书房家具(详见附表)归男方所有。卧房、厨房家具(详见附表)则归女方所有。我们不生儿育女,没有子女领养权的问题。男方不必付赡养费给女方,男方也不能向女方索取任何赔偿。

他们同意离婚证件的内容，签了名，各付两千元律师费给邓律师，礼貌地向他握手道谢。

"再见，"邓律师机警地补上一句，"还是不见好，希望你们永远不要告诉我离婚的日期。"

他们并肩走出律师楼，男的伸手挽住女的细腰，神采飞扬地说："现在你可以放心结婚了吧！"

"我还是觉得不太放心。"女的把手搭在男的右肩上。

"你不是说先签了离婚证件，万一分手时，大家都不吃亏？"

"可是……"

"还可是什么呢？我的心肝宝贝儿，接下来我们可要好好地准备婚礼啊！"

"旅行结婚吧，注了册，便到欧洲度蜜月。"女的含情脉脉地看着男的。

"还是依照华人习俗举行婚礼吧，我的祖父母很注重传统的。"

"华人婚礼太麻烦，累死人。"

"一辈子就这么一次，你不能迁就一次吗？"男的把手从女的腰肢上移开，牵着她从他肩上滑下来的手。

"有些事可以迁就，这是我的终身大事啊！"

"我什么都听你的，你说婚后不要孩子，我也答应了，难道你不能让一让吗？"

"难道你不能再迁就一次吗？"双方几乎同时放开了对方的手。

"我可不能永远迁就你啊！"

"既然这样，我们去找邓律师，告诉他今天就离婚！"女的显然不悦。

"笑话，都还没有结婚，谈什么离婚！"男的悻悻然。

男的走向停车场，女的走向的士站。

搭车传奇

市井小民的烦恼多，挤公车是一大烦恼。阿城是市井小民，当然不能幸免。每天早上等300号路线的公车，阿城免不了吐口水，有时还出粗口。

300号公车出车，要经过两个住宅区，才来到阿城等车的站。这个车站在C住宅区内，等公车的人真多。再下来的一段路程，沿途有一所大学，两所工艺学校，五所中学，十多家大型工厂，两个住宅区。阿城从小数学课就老吃"鸭蛋"，也知道300号公车载客量大，赚大钱。总之客载不完，钱也赚不完。有时阿城真的要怪那家公车公司，自己载不了那么多客，为什么不让别人也派几辆公车来驶一驶？分一点儿给别人赚，解决搭客的困难，功德无量。

说公车公司没有改善服务也不公平。先是把单层公车换成双层，增加载客量。还是解决不了问题，公司便派查票员到车站服务。查票员轮流值班，时常换人。他们的工作性质一样，示意公车停下来，然后指挥搭客上车。

"走进去！走进去！向里面走！向里面走！"

"挤一挤！大家要做工，迟到了老板脸色不好看，帮帮忙，挤一挤！"

"再挤挤！顶层的梯级可以站！挤上去，多站两个。"

不同查票员用不同的表达方式执行任务，不过他们有一个共同点，最后总是连推带塞，把搭客拥上去，然后拍两下车身，作英雄状，说："关门，Go ahead！"

阿城每天去做工，总是这样被推上公车。挤不上公车，怕迟到；挤上公车，滋味却不好受。有时只有一脚落地，另一脚只用脚尖点着，连多置一个脚板的空间也没有啊！阿城最怕的是，周围挤着年轻妇女，头顶又没有把手，只能用双手托着车厢顶部，身体摇摇晃晃，晃晃摇摇。不小心碰撞到旁边的小姐，换来杏眼圆睁的逼视。这时候阿城便会在心里骂公车公司三字经。车票一再起价，说是要提高公车的服务水平。这是服务吗？

"服务是买了车票，安安稳稳地坐到下车。"阿城有一回对查票员说。

"要舒服，坐计程车好了。"查票员回答。

这是什么服务态度！

不过最近，阿城对公车公司的不满，渐渐地转移到一个青年身上。

这个青年高高瘦瘦，像一根豆芽菜。从他手上拿的讲义夹上面的标志看，知道他是精英大学的学生。

他比阿城先上车，总是站在前后门之间的位置。阿城讨厌他，搭客讨厌他，查票员讨厌他，就因为他老是站在那个地方，不往里面移动。还好他瘦，只要向前欠一欠身，便可以让搭客从他后面挤过去。

查票员请他向里面移动，他没有反应。还以为他听不懂华语，用英语告诉他，他也无动于衷。很多搭客对他越来越不能容忍，故意说一些批评的话给他听。

"读大学有什么了不起，基本礼貌都不懂。"

"受英文教育的都是以自我为中心，才不理别人呢！"

"书是白读了，看这种态度。"

"碰到这种搭客，公车公司的服务精神受到打击。"

在查票员不断投诉之下，公车公司终于派了一个超级查票员来处理这件事。

那天早上，阿城已经挤上车，就挤在那个豆芽菜青年的背后。超级查票员示意司机不要开车，他挤上车，责问那个青年人为什么故意挡住去路，不让公车多载几个搭客。

那个青年不出声，只是伸手指着钉在车窗上方的一块告示牌，那上面写着：

国家交通局严格规定本公车的载客量如下：

司机：1人

上层座位：50人

不准站立

底层座位：30人

只准5人站立

超载严办

阿城虽然只修完小学教育，这几个字还看得懂。底层站着的搭客都跟阿城一样，口张开看着指示牌，又看看超级查票员。少说也有五十双眼睛五十张口。

超级查票员的脸青一阵红一阵，以最快的速度挤下车。然后猛拍了两下车身，大声一喝："Go ahead！"

病

永德走进首邦私人医院的一号高级病房，看见父亲躺在病床上，母亲坐在床沿，满脸愁容。

"爸爸一路来都很健康，怎么会突然病了？"

他在床边的一张椅子上坐下，把公事包搁在椅脚边。他是黄家的老二，律师。

"唉，年纪都一大把了，叫他多在家里休息，他偏放不下心。今天早上在公司里晕倒了，幸好刘经理及时发现，送他进医院。"黄太太说着，眼圈都红了。

黄先生这时张开疲乏的眼皮，用微弱的声音说：

"永德，我没事，你怎么这么久没回来看我们？我真高兴见到你。"

"爸爸，你放心好了，我会回来看你的。如果有什么事要我办，你尽管吩咐，不用花钱请律师。"

这时候，当会计师的老三永忠也赶到了。

黄太太忧心忡忡地把黄先生晕倒的经过再讲一遍。

"爸爸就是这样固执，年纪这么大了，还不肯退休。赚这么多钱做什么？如果担心公司的账目，我可以随时过去帮忙。"永忠说。

"永忠，你来了，我没事。"黄先生说着，疲倦地合上眼。

老大永孝一走进病房，便这样说：

"我看爸爸一定是血压过高。"

"永孝，快给你爸爸检查一下，到底出了什么事。"

永孝在床边坐下，把父亲的手从被单里抓出来，把了把脉，犹豫一下，说：

"心跳正常，我一时匆忙，忘了带药箱，不然可以检查详细一点儿。"

黄先生把手缩回被单里，轻声说：

"我都说没事了。永孝，你们都忙着自己的事业，连要见你们一面都不容易。我真高兴，大家都在这儿。"

"爸爸，我看你还是结束营业，把工厂卖掉，在家享清福算了。现在我们三个人都在这儿，有什么事可以讲清楚。"

"大哥说得好，爸爸，如果你同意的话，我现在马上把手续弄清。" 永德说。

永忠也附和。

黄先生摇了摇头，紧闭着眼睛，没有出声。

大家沉默了一阵子。

"爸爸不会有事的，我先走了。我得赶回药房，病人还在那儿等着。"永孝说完就离开。

"明天有个案子出庭，我要赶回去办。"永德也走了。

"爸爸既然没事，我也走了。"

兄弟三人走后，黄太太说：

"现在三个孩子都来过了，病应该好了吧！"

黄先生掀开被单，坐了起来，摇摇头。

"我早就说过，由他们去好了。你却要花钱找气受。"

"本来是没病装病，现在好像真病了，唉……"

黄先生长长地吁了一口气，重重地躺回床上，合上了眼。

烟灰缸

　　他靠坐在沙发上，点燃第二支烟。吸了一口，等吐出的烟雾全散了，再吸一口。

　　面前小几上的烟灰缸，还有一截尚未熄灭的烟蒂。他习惯晚饭后抽一支烟，今天却点燃了第二支，他也说不出原因。

　　看着烟灰缸，他又想起一个小说家：契诃夫？莫泊桑？还是马克·吐温？一时也记不起来。总之，是一个杰出的小说家。那个小说家说过，什么题材都可以写成小说，就算是一个烟灰缸，也可以大作文章，发展成一篇故事。

　　他也喜欢舞文弄墨，学过书画，写过文章。他总想好好地写它几篇小说，但总不能如愿。生活折磨人，他已经给生活担子压得要断气了，哪里还有闲情写小说？

　　然而，他今晚有一种奇妙的感觉，他看着从烟灰缸里散发出来的烟雾，似乎有一篇小说，或者是一个故事，在他的脑海里酝酿着，在等着他。

女佣苏莉达突然在眼前出现，她伸手把冒着轻烟的烟灰缸拿走，换过一个干净的。他想阻止，但已经来不及了。她向来懒懒散散，怎么今晚这样勤快？还好，过了一阵子，他那中断了的奇妙感觉又再出现，他的小说的架构越来越完整。

苏莉达又突然出现，这一回，她恭恭敬敬地说："先生，太太吩咐我提醒你，新的一组补习课今晚八点开始。"

他的构思又被打断了，生气地说："不去了，这种钱难赚！"

苏莉达喃喃地说："太太说，下个月的女佣税涨到四百块。"

他把手上的半截香烟丢进烟灰缸里，用力地揉压。他那种奇妙的感觉，也随着给重重地捻熄了。

他一言不发，匆匆地走出家门。

苏莉达连忙把烟灰缸拿走，换过一个干净的。

崇拜

　　陈忠认识刘义，是在成为见习保安员以后的事。刘义是保安队长，能干、有胆识、非常讲义气，在只受过小学教育的陈忠看来，刘义是个值得敬重的人。也因为这样，他才介绍未婚妻杨玉花给刘义认识。

　　其实，陈忠和刘义见面的机会并不多，每个星期在一起执行任务一次。刘义真的了不起，单单是把五颗子弹装进手枪的枪膛，手法就那么纯熟，把手枪插在腰带右边的枪套里，干净利落，样子好威风。

　　这一天，他们到一个珠宝展览会去执行保安任务。下班后，刘义把车子驶到一条僻静的小路，停了下来。

　　刘义用诚恳的语气对陈忠说："你是我的好朋友，我实在不能不告诉你一件事。"

　　"什么事？你说。"

　　刘义表情严肃地从衣袋里掏出一张信笺交给陈忠。

他摊开来看，信是这样写的：

刘义：

自从认识你以后，我才后悔订丁婚。我想过很久了，我有权利选择和我在一起生活的人，希望你能接受我。

……

陈忠立刻把视线移到信末的署名上，当他看到"杨玉花"三个字时，手不停地发抖，无法再读下去。他突然伸手拔出刘义腰间的手枪，枪口指着自己的太阳穴。这个动作太突然，刘义根本来不及阻止。刘义神色慌张地说："快把枪放下，别做傻事。"

"我没有用，死了算了。第一个女朋友嫌我没本事，离开我。好不容易才找到玉花，她又要抛弃我！"他右手紧紧地握着枪，不停地抖着，左手准备扫开刘义伸过来的手。

"你应该感到高兴才是，玉花这种女人，见一个爱一个，根本不值得你爱，她现在变心，好过结婚后才离开你。"

"我比不上你，我没有用！"陈忠说着，闭上眼睛，食指一压扳机，"嚓"的一声，他再试一次，手枪还是射不出子弹。

"不用再开枪了，里头没有子弹，我就知道你会冲动，所以没上子弹，不然你早就没命了。"

陈忠用手指揩去额上豆大的汗珠，连连摇头："我真糊涂，差一点儿白死，谢谢你救了我一命，我真高兴交了你这个朋友。"

"你别这么说，玉花这种女人不要算了，我介绍一个更好的给你。"刘义把玉花的信笺捏成一团，往车窗外一丢，说，"没事的，我们回去吧。"

　　一路上，陈忠不大说话，只是一再发誓要和玉花分手。

　　刘义送他回家后，下车打了一个电话，然后把车开到一座二房式组屋楼下，一个打扮入时的少女很快上了车，问："他自杀了没有？"

　　"自杀了，人没有死，心却死了。"

　　"你真了不起，难怪他每次在我面前称赞你。"

　　"你也有眼光。"刘义说着，在玉花的脸上轻轻捏了一把。

　　"去你的，我真替他难过，他太笨了。"

　　"别提他了，上哪儿去？"

　　"随便。"

　　刘义把换档器推上一号，把油门一踩，车子绝尘而去，喷出一团浓浓的黑烟。

鸟话

"哈罗！"

"哈罗！"

"今天天气很好！"

"今天天气很好！"

他每天下班，踏着轻快的脚步回家，第一件事是到阳台去逗弄那只心爱的鹦鹉，替它换杯子里的水，添一些向日葵子。然后，不是去跑步，便是去游泳。住私人公寓的好处是有各种体育设备，这对单身贵族的他尤其重要，可以把过剩的精力消耗在运动上。晚上，他要么去卡拉 OK 酒廊唱歌，要么去打保龄球，不想出去的话，就在家里听音乐、看电视。每年拿了花红，便到外国走一趟。生活像一首节奏轻快、韵律优美的诗。

"哈罗！"

"哈罗！"

"今天天气很好！"

"今天天气很好！"

"好个屁！"

他骂了一句，打开公事包，拿出一大沓文件，丢在桌子上，无奈地坐在案前。他想不到生活变化这么大。他的部门主管被革职后，留下的空缺，成为他争取的目标。为了受赏识、获升迁，他主动伸出触角，自愿负责几个大型的业务计划。从此，开会，写报告，写报告，开会……除了加班，还得带公务回家做，甚至连请一两天假都难。工作像全自动录音机里的卡带，不停地转，不停地转。

"求求你！放我一天假！"

有时，他会情不自禁地推开桌子上的文件，走到鹦鹉面前，大喊一声。

鹦鹉侧着头，怔怔地看着他。

"你说呀！快说呀！求求你！放我一天假！"

鹦鹉还是侧着头，怔怔地看着他。

"白痴！"他骂了一句，又快速地埋进文件堆里。

一天，他病了，看了医生，提早回家。他打开大门，听到有人在屋里凄厉地喊：

"求求你！放我一天假！求求你！放我一天假！求求你！放我一天假！"

他心跳的速度突然加快。屋里没人，难道……难道自己疯了？

　　鹦鹉挣扎着摆脱爪上的铁链发出的叮当声，使他的心定了下来。

　　"好了，好了，别吵了！我放了你，永远放假！"

　　他解开链子，把鹦鹉捧在手中，轻轻向上一抛，鹦鹉吃力地拍动着翅膀，飞出窗外。

　　他感到一阵眩晕，跌坐在沙发上。

　　"白痴！白痴！白痴！"

　　他被吵醒了，睁开眼，望向阳台。

　　鹦鹉毕恭毕敬地站在鸟架上。

考状元

怡美征求我的意见：斯民和英强，谁好？

怡美啊怡美，你要我说真话，接受斯民吧。英强太花，我第一次见到他，就没有安全感。

过了几个月，怡美再问我同样的问题。

"谁对你好呢？"我反问她。

"我也拿不准，两人都很爱我。英强比较了解女人的心理。"

"就选英强啰。"

"可是，我拿不准……"

"考状元吧。"

地点就在戏院。怡美买了两张票，请斯民看电影。电影放映前几个钟头，怡美临时有急事，通知斯民由我去。斯民答应了。

银幕上突然出现一个血腥恐怖的镜头，我惊叫一声，不禁向斯民靠过去。我发觉斯民同时向旁边一闪，急急地说：

"静芳，你被吓着了？如果你不想看，我们出去喝杯茶，压压惊。"

"没事，没事。"我说。

当晚我和怡美在事先约好的地方见面。

"你看，他就是那个样子，不懂怜香惜玉。"怡美说。

戏院里的那一幕，怡美看得一清二楚。当时她就坐在我们后面，她当然经过一番化装，又在电影上映了才进场。斯民才不会发觉呢！

"你可别忘了，坐在他旁边的是我静芳，不是怡美。"我说。

"没有两样，他顶多拍拍我的手背。"

怡美决定接受英强。

"我反对，这样对斯民太不公平，试过英强再说。"

怡美同意。

方法一样，只是对象换成英强。

银幕上出现同一个血腥恐怖的镜头，我惊叫一声。

"静芳，不怕，不怕。"

一双厚实的手从我的双肩滑下来，还把头靠拢过来，手肘有意无意地碰我的胸部。

"对不起。"他说，坐正。

接下来，他那双手一直不安分，尤其是银幕上出现恐怖镜头的时候，然后说一声"对不起"。

好不容易挨到剧终。

怡美迟到了半个小时。她把手提袋重重地丢在茶几上，整个人才抛在沙发上。

"卑鄙！"

"骂他的应该是我，我被吃了豆腐。"

"静芳，我会永远感激你。"

怡美紧紧地握住我的手。

约会

她准时赴约,地点是滨海大厦底层的咖啡屋。

她坐在面向广场的一张台子旁。摸了摸襟上的那朵丝制梅花,她有一种苦涩的感觉。她别上这朵花,除了是约会的标志外,还在提醒自己,她现在叫黄时梅,征求伴侣时用的名字。

女人过了35岁,眼角的鱼尾纹使人隐瞒不了年龄。这是婚姻介绍所电脑媒人安排的第四次约会,前三次都吹了。

十年一晃即过,25岁那年,要是不拒绝子平,现在会在衣襟上别上一朵梅花坐在这里吗?这几年,她越急,越找不到理想的对象,她便越相信缘分了。

她还有一点儿怀念子平,他至少是第一个爱上她的人。子平是她的前同事。她当时才25岁,觉得太年轻,还有大把时间挑选,何必急呢?还有子平那副样子,暮气沉沉的。最主要的一点是,她的理想对象,职位、收入应该比她高,而子平却和她一样。为了不伤子平的自尊心，她撒了谎，说已经有了对象。不久，他便离开了，听说到外国去，做什么不太清楚。

广场上人来人往，多数是年轻的情侣，牵手的、勾肩的、搭背的……样子都很亲昵。她的眼神碰到这些，有点儿灼热，立刻闪开。她非常注意走近咖啡屋的男士。看他们脸上是不是架一副银色镜框的眼镜，手上拿着一个信封。

这是婚姻介绍所交代的。

不久，有这么一个人在咖啡屋外出现。

她一愣，是他。她要离开已经来不及了。她迅速地取下襟上的梅花，把它收入手提袋里，同时拿出一副墨镜戴上，然后若无其事地坐在那儿听音乐。

子平，怎么会是他？

他在一张台子旁坐下，向四周张望，不时看着手表，大概是为自己迟到自责。他往她的方向望来，注视了一阵，终于向她走过来。

"对不起，你是诗美吗？"

"你……是？"她犹豫着，回答说。

"我是子平。"

他递了一张名片给她："你好吗？"

"好呀，你呢？"

她看了看名片。上面写着：陈子平，大华日报总编辑。

"你不是从商吗？"她问，发现说走了嘴，马上停住。

根据婚姻介绍所提供的资料，对方是一家出入口公司的总经理。

"不是搞生意的料，还是做回老本行。"他接着问，"等人吗？"

"不，来这一带买东西，顺便喝茶。"她客套地说，"请坐。"

"不了，我约了人。"他笑着问，"结婚了？"

"嗯。"她说，"你呢？"

"还是光棍一个，在香港混了十年，觉得还是新加坡好，就回来了。"

"我还是过去那儿等人，有空儿联络。"她低了头，看见手提袋没关上，梅花显眼地躺在那儿，心慌着。

"我也该走了，再见！"

她随即站起来，匆匆地走出咖啡屋，那张名片紧紧地捏在手心。

"时梅！"

叫声从背后传来。

她不由自主地转头。

看见他木木地站在那里，脸上堆着憨厚的笑容。

典当

　　自从去年两家赌场开张以后，当铺的生意蒸蒸日上。来典当的人，什么人都有，典当的东西，琳琅满目，千奇百怪。

　　今早还没开门，门外便有一个人在来回踱步。

　　他的样子引人注意，身形像两个倒立的莲雾。宽额尖下巴，脸皮皱得像揉过铺开的报纸。他手里拿着一个信封，不时向当铺内打量。倒立的莲雾，重心不稳，给人倾倒的感觉。我于心不忍，提早开门，让他进来。

　　他坐下，抽出信封里的一份文件。

　　"Uncle，这是什么？"

　　"屋契，公寓的屋契。"

　　我怔住了。来典当的东西，千奇百怪，我都见过，地契还是头一回。

　　"抵押地契要到银行，你弄错了，这里是当铺。"

　　"我知道这里是当铺。年轻人，你耐心听我说，你不要问，等我说完。"

顾客服务第一。我只好洗耳恭听。

"你看我多大年纪？六十二岁，刚退休。没人相信，十年前人家就常说，你退休了吧。我的样子比年龄大，为什么？就是因为这个。"他指着地契，继续说，"你知道，我从乡村的亚答屋被赶到组屋，三房式，苦了十多年，买五房式，再苦十多年，买公寓，就是这个公寓。"他看了看地契，"再苦十多年，还清了贷款。"

"现在你想把它卖了，部分的钱买回组屋……"

"你听我说，你懂我有多苦吗？我除了拼命做工，还贷款，没吃过一餐好的，没过一天好日子。你知道吗？"

"我知道，你现在想把公寓卖掉，享受人生？"我突然灵机一动，他急着卖屋，当铺不能处理，那我可以自己私下做中介，捞一笔佣金。

"我不是来当屋子，我是来赎回我的东西。"他表情认真。

"你，赎回东西？"我吃了一惊，"赎回什么？"

"时间，我典当了的时间。"

他说着，脸色在变，眼神在变。我一时说不出话来。

"时间，用屋契赎回时间，三十年……"

我保持镇定，半哄半骗，送他出当铺，把门关上。

他在门外，频频回头，自言自语："二十年……十年，十年……"

影 子

年初，我被派到林厝港小学当训育主任。这个差事真不好做，整天不是听教师投诉，就是处理学生的纪律问题。

在这些问题学生里头，小四丁班的吴方宝是办公室的常客。他成绩不好，作业不交，上课时安静不下来，老是爱捉弄同学，又不注意卫生，全身脏兮兮的。

方宝说坏不是很坏，就是太顽皮了。他不像一般住在组屋里的孩子，他老是往草堆里钻。捉鱼、捉蝇虎、打鸟、放风筝、偷采果子、玩石弹、赌树胶圈等，什么花样都来。

昨天下午，方宝又闯祸了，打班上的同学，把对方的眼镜打坏了。

这个肤色黝黑的孩子低着头，就站在我面前。我问他为什么打架。

"小强把我的蝇虎打死了。"

"为什么？"

"他的蝇虎打架打输了。"

"王小强也会捉蝇虎？"

"我卖给他的。"

方宝这个孩子虽然顽皮，但挺老实的。每回有问必答。想不到他年纪小小，还会学人家做买卖。我又问他：

"你知道你应该好好读书，准备年底的分流考试吗？"

"知道。"

"不管怎样，你动手打人就犯了校规，记大过一次，还罚站堂悔过。"

从吴方宝身上，我看到自己过去的影子。不过，我的童年在六十年代。当时，住在偏远的乡村，每个男孩子都过着这样的生活。不同的是，我们一犯错，便会受到鞭打，老师不会苦口婆心地规劝你。

我决定放学时去访问他的家长。打开记录，他的监护人是母亲陈玉香。

开门的，却是一个长得高高瘦瘦的男人，长脸，尖下巴，有一道疤痕。我一愣，这不是表哥吴亚坤吗？

"亚坤哥，是你？"

"你是……亚泉？"

我们在惊疑之际，方宝看傻了眼。

"阿宝，他是你的表叔啊，还不叫声叔叔。"表哥问，"什么时候调来林厝港的？"

"年头的事，你什么时候从无尾港搬来这里的？"

"去年年底。"

我们在寒暄的时候，方宝便趁机溜下楼了。

坐定后，谈起往事，不胜唏嘘。我们已经十多年没见面。最后一次见面，应该是大姨妈去世的时候。过后，我们晚辈有自己的生活圈子、自己的工作、自己的朋友，没有婚宴丧事，几乎不见亲戚了。

"我记得你有两个女儿，没听说过你有一个儿子。"

"是啊，生了两个女儿，隔了多年，忽然想博一个儿子，再生啦。"从他的笑容，可以看出他的满足。

"你几个了？"

"一个。"

"要快，现在政府鼓励，你有本事，再多生几个。"

"再看看。"

我想起了我的来意，便跟他谈起方宝的事。他说方宝是很顽皮。但和我们小时候比起来，可以说比不上一根脚毛呢！他的看法是，会不会读书因人而异，还拿我和他比较，说我小时候比他顽皮几倍，却一路读到高中毕业，而他小学都念不完。

我解释给他听，现在的教育制度和以前不同，如果分流考试不及格，没有留级的机会，必须转到基础班。何况现在的功课多、难度大，父母更关心孩子的学业，竞争很厉害，一不小心，便会被淘汰。

表哥感谢我对方宝的关怀，并答应我要多管教孩子。我向他告别的时候，还不见方宝的影子。

以后，方宝被带到办公室来见我，就有点儿别扭了，而我也觉得很不是滋味，他的爸爸会不会告诉他，我小时候比他更野？

我决定辞去训育主任的职务。

辞职

一

在咖啡店里。

"你的公司在处理事情的时候，根本没有半点儿原则。身为雇员的，怎么可能在这种公司待下去？你自己想想看，一个书记在公司里做了十多年，薪水只有一千多块，而最近请了一个新人，说什么是秘书的，起薪就是两千。她是什么资格？也是高中毕业。除了会讲英语，她会什么？能做什么？值两千块。而做了十多年老书记，又做账，又接洽生意，就是英语不行，就不值钱。你的公司做的也是华人的生意，英语有什么重要？你有没有想过，你这样做，其他的职员会怎样想，人是有自尊心的！"

"陈先生，你能不能让我说几句话？"

那个姓陈的不理吴老板，继续说：

"还有一件事，你属下有两间公司。那间搞出入口的，因为生意好，职员不断加薪，有免费医药照顾，有奖励金。而那间做建筑的，经济紧，什么都没有，没有加薪，没有NWC。这是什么逻辑？还有……"

"这是我的公司，还是你的公司？你没有权力过问。"吴老板显然冒火了。

"我为什么没有权力过问？我的太太三番四次向你辞职，你都不答应。我希望你马上接受她的辞职。"

陈先生说完，怒气冲冲地走出咖啡店。

二

在家里。

"你明天可以不用上班了，我已经见过你的老板。"陈先生告诉他的太太。

"见过我的老板？你说什么？"陈太太紧张地问。

"是啊，把你所有的不满都说出来了。"

"你疯了！谁叫你见他的！"

"难道你说的都是假的？"

"我没说是假的，我还不想辞职，我不管，你去跟我的老板道歉！"

"这是什么话，那你为什么每次大发公司的牢骚，整天吵着要辞职？"

"一时生气，说说罢了。"

"你告诉我，你到底辞不辞职？"

"不辞！"

"好吧，你不辞职，我辞职！你这种老婆，做人没有半点儿原则，跟你的鬼公司一样。我受不了，我辞职不干！辞掉丈夫这个职位！"

陈先生说完，怒气冲冲地走出家门。

女强人

　　最近在某坟山发生的一宗谋杀案，使我的女上司密斯黄感到很不安。因为她就住在那坟山的另一头，每天来回必经坟山边缘的那条小路。因此，她最近总是在太阳下山之前便赶回家。

　　密斯黄是公司里的女强人，同事都不太喜欢她，尤其是男同事，更是敬而远之。她年约三十五，还是小姑独处。其实她长得端庄大方，看起来顺眼，可能是她样样表现得比别人强，无形中使许多男士望而却步。

　　今天忙着整理明早开会时要呈报的资料，几个同事都忙到七点多才下班。临走时，密斯黄要我陪她一程。上司的命令，我只好遵从。

　　车子进了郊区，很快地转入那条坟山小路。沿途草木丛生，荒冢累累，街灯老远的才一盏，发出昏黄的光。一路上看不到其他车辆经过，更不用说行人。密斯黄叫我把车门锁上。我心里有点儿惊慌，但表面却装得若无其事。

"车子在走，怕什么？"我说。

"要是有一辆车子打横挡住去路，看你怕不怕！"

"要是这样，锁门也没用，可以打破玻璃窗闯进来。"

"所以才要你做保镖。"

"简直要我陪葬。"

沉默了一会儿，为了打破这个死寂的夜，我开玩笑说："你有没有想过，万一我发起狠来，把你给宰了，你怎么办？"

密斯黄瞪了我一眼，面不改色地说："谅你也不敢，我是你的上司。"

"在公司里我是你的下属，离开公司，我们各不相干。"

"你们男人就是死爱面子，不甘愿向女人低头。"

这时候，有个黑影从草丛中冲出来，密斯黄紧急煞车，惊魂甫定，放眼一看，原来是一只野狗。我捏了一把冷汗，如果没绑安全带，一定从挡风镜飞出去，同野草共眠了。

到了密斯黄的半独立洋楼，我才惊慌起来，这叫我怎么回去？

"你担心什么，打个电话叫一辆的士来送你回去，不就行了。"

我才松了一口气。

在等的士时，密斯黄跟我谈了好一会儿。我发觉她并不是想象中那种拒人于千里之外的冷血动物。

"有时我真后悔念这么多书。你说得对，在公司里，男同事对我唯唯诺诺，但一踏出公司，他们连正面都不看我一眼。"

我向她道了晚安，上了的士。在归途中，我一直在想着这个问题：她到底是不是个女强人？

笔友

自从和水月闹翻以后，小江整天闷闷不乐，好像失去了什么似的，生活没有半点儿情趣。

"用不着唉声叹气，你不妨去交几个女笔友。"老王说。

"我才没有耐心去写几年的信呢！"

"别天真了，"老王说，"现在的征友栏就好像婚姻介绍所，通了两三封信，意见不合没话说，如果大家合意，便拍起拖来了。"

"有这回事？"小江跃跃欲试。

他马上从书报摊买了几本娱乐画报，全神贯注地在征友栏里找适当的人选。他所要求的笔友必须具备以下条件：第一要年纪小，十六七岁，因为这是少女的危险年龄，最容易动情；第二要住在本地，以后方便见面。

翻翻找找，几本画报征友栏里的人符合他的条件的只有八个。他匆匆地写了八封信，紧张地把信寄出去后，才轻松地哼起小调，这是几个月来最快乐的周末。

反应并不比小江想象的好，两个星期过去了，连一封回信也没有，他的心冷了半截。

第十九天，小江终于收到第一封回信，他如获至宝。打开一看，是珊珊写来的。她就读狮城女中中四文科班。她对自己的迟迟回信表示歉意。

小江对这位笔友相当满意，他尽量在脑子里搜索珊珊的倩影，短短的秀发，圆圆的脸蛋儿，非常温柔文静……

小江和珊珊通了几封信，从她真挚的文字里，可以知道她是个善良而肯求上进的女生。珊珊年底要参加会考，小江便自告奋勇地提出要帮她补习功课，这是他的战略之一，因为这样可以借机接近她。珊珊拒绝他的好意，她认为文科的东西，自己肯读就行了，不用旁人指点。她说若要帮助她的话，不妨帮她找一些参考书和资料。小江一口答应了。

过两天便要拿参考书给珊珊。小江翻遍书橱，发现那些参考书残缺不全，又过时了，他只好到书店去买。现在的出版商真聪明，大大小小的各科参考书不计其数，小江看得眼花缭乱，忍痛买了五十多块钱的。

和小江熟络了，珊珊才说出她的家境拮据。她的父亲已去世，靠母亲做清洁工养家。她时常被老师讨学费讨到不好意思，今年要参加会考，三百多块钱考试费还没有着落。小江很同情她的处境，替她付了考试费，每个月还拨了六十块钱给她做零用钱。珊珊起初不肯，最后还是接受。

就在和珊珊的感情顺利发展的时候，小江收到一封笔迹陌生的信，署名佩琪，他也记不清是不是上回写信去应征的笔友。

什么"在万般空虚与缺乏慰藉之下，我极需要你的友谊"，小江看信写得这样，猜这个少女和珊珊刚好相反，是个大方浪漫的少女。他抓住对方的弱点，回了一封热情洋溢的信。

珊珊文静，佩琪热情。小江同时和她们两人来往，不同的是，他还没有和佩琪见面，只靠书信来往。

佩琪在第二封信讨电话号码，第三封信讨相片。小江也有求必应。

小江本来想一心追求珊珊，收到佩琪的相片后，他有点儿动摇了。珊珊虽不难看，但和佩琪比起来，相形见绌。小江决定一脚踏两条船，他写信给佩琪，说他目前忙于工作，还没有异性朋友，希望她能成为他的女友，同时约她见面。

晚上八点。

小江坐在奥地安咖啡屋的一个角落，苦候了半个小时，佩琪还没有来。他焦急地张望着入口处，看着进进出出的人。

这时进来了一对青年男女，样子很亲昵。仔细一看，女的是珊珊。小江的血液顿时沸腾起来，他有一种被欺骗的感觉。他真想上前打她一巴掌。

咖啡厅不大，珊珊看见他，走上前来。

"江先生，真巧，在这里碰见你。"她对身边的青年说，"来，我替你们介绍，这是江罗拔先生，他是路易斯，我的朋友。"

小江一脸木然，没有表情，正想发作，珊珊却说："江先生，佩琪有事不来了。"

他一愣，接着脸色一阵青一阵白，匆匆地离开咖啡屋。

复印机

　　小刘最近买了一台复印机。他是个文员，又不做生意，买电脑倒不奇怪，买复印机就令人费解了。不只是他的亲友，连他的太太也觉得奇怪。更奇怪的是，他把复印机放置在卧房里。

　　刘太太问他，他只是神秘地笑一笑，说："天机不可泄漏。"

　　对于他的举止，刘太太怜悯多过责备。如果她不和他结婚，而且接二连三地替他生了四个孩子的话，他也不会活得那么苦了。

　　小刘在学生时代，便喜欢读书写作。高中毕业后，在社会上做事，还和朋友合力搞了一本文艺杂志。可是，自从结婚生子后，他业余的一点儿时间，也被妻儿剥夺了。他算是一个倒霉的人，在工作单位里，薪水比人家低，工作却比人家多。

看到朋友们写作的写作，搞演出的搞演出，他的心里真羡慕，也真难受。不知道什么时候，自己可以快快乐乐地活下去，快快乐乐地做喜欢做的事。

可是，刘太太想，无论从哪个角度看，这些事都和复印机扯不上关系。在这之前，小刘便时常说梦话，有时半夜醒过来，便在屋子里走动。而最近，小刘在临睡前，总是望着复印机发呆。好心的朋友听说了，都劝刘太太，说小刘的举止有异于常人，要小心看着他，说得刘太太忧心忡忡，睡不安宁。

一天夜里，刘太太被一束束的强光惊醒，睁眼一看，小刘正在操作复印机。

刘太太不敢惊动他，静静地躺在床上观察，只见小刘严肃地复印着东西。

这样过了一阵子，他木然地走回床沿，木然地躺下，并喃喃自语："我终于完成了一部作品。"

接着，便呼呼入睡了。

刘太太静悄悄地下床，检视小刘复印出来的东西，只见几张墨黑的纸上，印着一双双浅灰的手掌印。

对策

路税又高涨了，调高百分之三十。

这个消息对中下层的有车人士来说，只好猛吐苦水。苏立明当然也不例外，自从他买了这辆达善以来，便经历了好几次惊涛骇浪的袭击。每次遇到风险时，他便这样想：有关当局为了解决交通阻塞的问题，除了提高路税，抑制车辆的增加，难道没有其他办法吗？

发出这个疑问的有车人士当然不少，苏立明的同事李月娟便是其中一个。在六年前，路税调高时，她便对苏立明说："我们总得想办法阻止路税再调高。"

"想了，没办法，可不能叫人不买车，自己却用车。"

"可以采取折中的办法，比如两人共用一辆车。"李月娟这个部门主任，盯住她的助理说。

"那有多麻烦！"

"你这样想，便不应该埋怨路税涨价。"

另一次调高路税是在四年前，那一次，李月娟的反应更激烈。她说不能让当局为所欲为，而有车人士却无动于衷。她甚至向苏立明提出共用汽车的计划，比如每两个有车的同事，其中一个放弃车子，共车上下班，至于开销，则可灵活处理。苏立明说：

　　"帮忙付路税，还是出油钱？"

　　"路税当然由车主付，顶多补一点儿油费，不过这些都不重要，主要是能制止当局再调高路税。"

　　"这个办法不错，可是除了上下班，出门便要挤巴士了。"

　　"这也不一定，可以商量……"李月娟一时想不出比较有说服力的话。

　　苏立明立刻抢着说："行不通，还是想别的对策。"

　　再一次调高路税是在两年前，这一回，李月娟倒是冷静得很，看着苏立明干着急、发牢骚，她只淡淡地说："苏先生，想到对策了吗？"

　　他猛摇头。

　　"慢慢想吧，"李月娟淡淡地说，"我倒觉得两年调高一次路税太慢了。"

　　"你……"苏立明气得说不出话，他知道李月娟这个单身贵族，最近擢升为人事部经理，加了薪，不在乎增加那几百块钱的路税。他自己虽然是王老五，可是上有父母，下有弟妹，开销可不小。

此后，苏立明和李月娟还是有说有笑，可是很少谈到路税的事，就算苏立明提了，李月娟也不答话，自然就不再谈了。因此，苏立明为了路税，只好埋头苦干，努力工作，终于升任营业部经理。

想不到这回只隔一年，路税又调高了，而且涨幅更大。苏立明一听到消息，拿起听筒想拨电话给李月娟，可是想到她已不再关心这个问题，便打消了主意。

第二天上班，苏立明闷闷不乐，李月娟见了，问他说："今天在停车场没看到你的车子，坏了？"

"说来话长。"他没有直接回答她的问题，却邀她共进晚餐，说会把事情的来龙去脉告诉她。她答应了。

李月娟到新雅餐馆时，苏立明已经恭候多时。

她坐定后，点了菜。

"你一向很准时，今天这么早到？"

"搭巴士，没把握，得提早出门。"

"你真的把车子卖了？"

"这是对付路税涨价的最好办法。"

"堂堂的营业经理，没车怎么跑业务？"

"我想跟你商量，买你的车。"

"我的可是老车，没人要的。"

"我是认真的，你不舍得，卖半部车也行。"

李月娟是个聪明人，知道他话里的意思，但故意说："我不懂你的意思。"

"我们共用一辆车，用你的也行，用我的也行，把其中一辆卖掉。"

"你这么聪明，为什么到现在才想到这个办法？"

"以前也想过，但不敢提出来，因为你是我的上司，现在我们平等。"

"为了应付路税，你想出这个对策，不觉得太没有诚意了吗？"

"起初的确是为了路税，现在却是在利用路税。"

"如果你真的有诚意，我不反对把车子卖给你，"李月娟说，"你别忘了，我们六年来和路税的斗争。"

"对，我们应该为我们的胜利干杯。"

他们举起杯子，碰击出胜利之声，然后把又酸又甜的柠檬茶一饮而尽。

捞

　　他合上了书，放在桌上，看一看壁钟。差五分钟十二点，他感到有点儿不安。她怎么还没回来？

　　说是和公司里的同事去吃发财鱼生。八点整开席，就算吃到十一点吧，现在也该回家了。

　　十二点十分，他望向窗外，看着驶进停车场的车子。希望看见车子停下来，她下车。车停了，有人下车，不是她。

　　不对，一定出了什么事。听她提起过是到"发记"去吃的。他从电话簿找了号码，打去问"永发建筑公司"的人还在不在。对方说，十点半就离开了。糟糕！一定出事了。那些年轻人，总爱多喝几杯，会不会醉酒开车，发生车祸？

　　十二点二十分，他匆匆下楼。也许她就快到了。他在楼下走了几圈。车子稀稀疏疏，驶入停车场。下车的都不是她。还是回到屋里去，也许她会打电话回来。若有紧急的事，没人接电话，岂不是误了大事？

十二点四十五分，他匆匆上楼，在屋子里来回踱着方步。一会儿在窗前停下来，望望窗外；一会儿在电话机前停下来，拿起听筒，又放下。

电话铃声突然大响，他一阵惊喜，抓起听筒。"喂，你在哪里？"对方说对不起，拨错号码。他失望地放下听筒。

凌晨一点零一分，挂锁碰到木门的声音。他又一阵惊喜，冲上前，开了木门。她果然站在铁门外。

"捞到舍不得回来啦，到这个时候！"

"你这话是什么意思？连去同事的新家坐坐也不可以吗？"她开了铁门，走了进来。

"没什么意思，这样晚回，也不讲一声。"

"天天早回，难道一天晚回也不可以吗？"她把一串钥匙丢在沙发上。

"就因为你天天早回，晚回更应该通知一声。"

"我又没有卖身给你！"她脱了鞋，丢在地板上。

"你讲到哪里去了？"

"讲到哪里去？你也不想想，你自己不会捞，也要别人跟你一样清高！你看公司里的小黄，没读几年书，捞到风生水起，他拥有间半独立洋房。"她把手提袋丢在床上。

"人各有志，他捞他的，我做我的。"

"还在得意，给人家在背后讥笑还不知羞耻！满肚子书，满屋子书，怪不得这样倒霉。再去捞十次发财鱼生也没有用，今晚是白吃了！"

　　她把房门"砰"的一声关上。

　　他回到书房，摊开桌子上那本《如何关怀你的太太》，拿起笔，在扉页上写了一个大大的"捞"字。

克星

迈克每次从报纸上看到张三或李四上当破财的报道，心中就暗笑不已。而那些无知的妇道人家，用几百块钱向骗子买所谓的神石，更是愚不可及。可恨的是，那些骗子得手后，总是溜得无影无踪，被骗者事后才发觉上了当。

要是他碰上这类骗子，后果可不一样，他会以妙计揭穿骗子的伎俩，使他无处遁形。

想不到骗子果然送上门来。

是一个晴朗的星期天，家人都出去了，迈克在书房里赶业务报告。窗外突然出现了一位"包头先生"。他以不纯正的卷舌音英语自我介绍，并赞迈克五官堂堂、气宇非凡，同时递过一张名片。

迈克接过一看，是占星家"扫把星"（Super Singh）。管他什么"扫把星"，这回他可遇到了克星。迈克立刻说一些久仰神机妙算、大名一类的恭维话，并开门让他进来。迈克拿了一架照相机，"咔嚓咔嚓"地拍了"扫把星"几张照片，说是作纪念，然后才坐下来让他给看掌纹。

根据纹路分析，迈克近来事业有成，颇受公司器重，不久将会再度擢升。可是由于事业心重，终日埋头工作，没有照顾好身体，以致体内危机四伏，暗病丛生，嗅觉已失去功能，乃重病之兆。

"扫把星"拿出苹果、橙、香蕉各一，要迈克分辨其味。讲到事业有成，迈克折服，但说到健康不佳，简直是一派胡言。迈克抓起三个水果猛嗅，果然无味无臭，一时才脸青唇白。

"扫把星"掏出一粒石子，说此乃神石，熬水一喝，百病即除。迈克心中暗喜，老千终于现形。他拿起照相机，"咔嚓咔嚓"地拍了几张照片。

"扫把星"说此神石真假易分，只要迈克心中想它具有什么水果的味道，它便有那种味道。香蕉、苹果、橙、黄梨，迈克试了再试，果然应验。

迈克先是被吓得冷汗直流，后来想起报纸也报道过这是老千的招数之一。于是故作镇定，准备把神石买下来，加上"扫把星"的照片，人证物证俱在，谅他插翼也难飞。

讨价还价之后，以五百元成交。迈克说手头无现款，以支票交付。"扫把星"也欣然同意。

"扫把星"离去后，迈克捧腹大笑。他开的现金支票在签名上做了手脚，根本无法兑现。迈克高兴之余，拨了几个电话给朋友，向他们述说老千上当的经过。他的朋友都恭维他一番，说他机智过人，叫他去警察局报案，捉拿"扫把星"归案，一定获颁英勇奖章。只有汤姆提醒迈克，叫他冲印了照片再说。

迈克迫不及待，把胶卷送到服务最快捷的照片冲洗中心去。半个小时后，却传来了坏消息，胶卷一片漆黑，应该是拍摄时忘了打开镜头的盖子。这是不可能的事，迈克还是摄影学会的会员，有十多年的拍照经验，从来没有失过手。

支票！银行！迈克马上打电话到银行询问。对方的答案是持票人已提了款，数目是五百元。签名？正确无误。不信亲自到银行核查。

去银行的途中，迈克脑海中盘旋着一个问题：要不要报警？报了案后果如何？老千捉得到吗？报纸会不会刊登这宗骗案？骗案的主角是……

他从裤袋里摸出那粒神石一闻，无味无臭！

猫狗事件

阿雄真的不明白，他为什么到处不受欢迎。住在老家是这样，搬到后港还是如此。

搬到后港后，他一心想跟邻里搞好关系。他是做散工的，只要不做工，他便到楼下的巴刹咖啡摊去，找那儿的人聊天。起初他还相当受欢迎，后来他发现，他一上前去，正在聊天的人便静了下来。他讲什么，他们不但没有兴趣，而且都懒得敷衍。

阿雄昨天中了五十元"十二支"。今天一早起床，心情特别好，又不用做工，他便到老地方去。

他决定请那几个新邻居喝咖啡，免得他打散工的，给人看不起。

走过巴刹时，他发现几只小动物挤成一堆，黑茸茸的，在那儿蠕动。仔细一看，是四只小猫。不知是哪个缺德鬼，把它们扔在猪肉摊位旁边。还好今天星期一，不卖猪肉，不然可要被猪肉成扔进垃圾桶里去了。

自从搬来新家后，为了跟邻居建立良好的关系，阿雄见到人便打招呼，尤其是巴刹里的小贩。什么鸡蛋嫂、豆干婆、鱼饼婶、鸡肉伯、鸭肉叔、水果妹等，不懂名字不要紧，看他们的年龄、性别、卖的东西来称呼，准没错。

起初有些人不大睬他，叫久了，最少也点个头，打个招呼。今天只有一个人他不叫，就是豆芽嫂。几天前，他到巴刹的时候，看到豆芽嫂穿一套紧身衣裤，忙得蹲下站起，他好心跟她讲，衣服太窄，当心裂开了。豆芽嫂大发脾气，说他好色，一直盯着她看，穿什么衣服关他屁事。好心没有好报，他决定不再跟这种不讲理的女人打交道。

说也奇怪，今天豆芽嫂看到他，却主动跟他打招呼，还问他有没有看到几只被人丢掉的小狗。小狗？没有。小猫倒有几只。

"不是猫，是狗，你看仔细一点儿。"

他半信半疑，再走过去看几眼。那几只小动物，看样子刚出娘胎，又小又挤成一堆，也不容易分辨。豆芽嫂是个精明的女人，她的话准不会错，是狗。

他走去咖啡摊，远远地看到一堆人在聊天。他走过去说："不知哪个缺德鬼，把几只小狗丢在巴刹里。"

没有人回答他。

"那些小狗哪，看样子是土狗，才有人把它们丢掉。怎么猜，狗的生肖排十一，四只，就买十一、四，包中。"

他看大家没什么反应，便补上一句："不过看样子又像名种狗，嘴扁扁的，耳朵小，像狮子狗，狮子狗可是名狗，一只可要好几百块钱……"

听到是名狗，大家的兴趣就来了。阿雄格外兴奋，领着他们到巴刹去看。

一看，哗声四起。

"哈哈！什么狗，猫啊！"

"猫看成狗，哈哈！"

"我活到六七十岁，没有听说把猫看成狗的！"

"三岁小孩子都看得出是猫！"

这些话像辣椒，用力地擦在阿雄破了皮的脸上，使他的脸又热又红。他马上为自己辩护："豆芽嫂说的，我讲是猫她说是狗！"

"你自己眼睛瞎了！我什么时候说过是狗？我叫你吃屎你就吃屎吗？"站在一旁的豆芽嫂把他数落一顿。

"哈哈哈……"大家笑成一团。

"今天这一工五十块钱不可以不赚！"

阿雄说道，压低着头，讪讪地离开巴刹。

背后传来一阵又一阵的喧笑声。

他心里狠狠地骂豆芽嫂：你这个臭婆娘，够狠！

午夜对话

　　我真的不明白这到底是怎么一回事。

　　事情的起因是午夜打麻将。主角是我的邻居胡先生。

　　我们在今年年初入住。这座新公寓到现在才稀稀落落住了十多家人。我和右邻胡先生还谈得来。他是一家公司的高级执行员，受过高等教育。

　　他的人格的另一面终于暴露出来了。

　　胡先生喜欢打麻将，一打就到午夜，虽没有天天打，却常常打。胡先生打牌时，声音大，粗话多，简直是另一个人。麻将击桌的声音虽大，但不比胡先生的污言秽语惹人厌，使人失眠。

　　我好声好气地找他谈过，早一点儿收档，无效。请他移到屋子里打，在阳台上打，声音太大，全飘了过来，也无效。

　　结果警察上门了。胡先生自此把我当成敌人。又不是我告发的，我才不怕。

不久后，胡先生故态复萌，在三更半夜喧闹不已。

一天夜里，我又被吵醒，起床一看，楼下站着两位警察，正和在阳台上打麻将的胡先生对话。

警察先生很有礼貌，也很有耐心。他们说敲了半天门，胡先生说听不到，并补充说，他们已经打到"北风"尾，正要休战，谢谢两位从"A区警岗"来的警察的规劝。

这样的午夜对话，竟再三地进行。我们不但被胡先生给吵醒了，也被警察先生吵醒了。不久，我又发现了一个怪现象，在警民对话结束后，常有汽笛声自楼下停车场传来。夜深人静鸣汽笛，真的使人滚下床。只好以枕头盖住双耳数汽笛声（不是数绵羊）。

有一回，太太提醒我，汽笛声可能和胡先生有关。我决定查个清楚。

同样是午夜，同样是警民对话，同样是汽笛声。我躲在窗帘后，向楼下的停车场窥视，有一辆"骂死你"汽车停在我的窗口下，前门开着，一个身穿运动衫裤的中年人走向车子，按了一下汽笛，走开，站在树下，向我房子的方向张望。约三分钟后，他重复着同一动作。前后按了十多次汽笛。等人？招呼人？但不见有人走近那辆汽车。

太太起身一看，那不就是胡先生吗？据说他最近换了一辆"骂死你"。还是太太精明，胡先生正在向我报复，打牌吵人警方干涉，按汽笛吵人可没犯法。

"小人！"

我大吼一声，推开窗户，抓了床头的闹钟，欲往下扔。

太太想及时阻止我，在抢夺闹钟时，把我的眼镜扫落在地，镜框划伤了我的鼻梁。

"砰"的一声，一切都太迟了，楼下发出汽车挡风镜被击破的声音。

"你疯了！你知道你闯了祸！""怎么办？"

半个小时后，胡先生和"A区警岗"的两位警察上门了。

我能说故意击破胡先生的车子吗？

太太解释说，一场误会，夫妻吵架，结果打了起来，一气之下，把闹钟扔下楼。

我补充说，吵架因午夜的噪声而起，太太要我去劝胡先生，我不肯，因为警察先生会来劝他的。

这样便吵了起来。我的脾气向来是很好的，这几个月来，因被噪声吵得睡不安宁，所以脾气才如此暴躁。

解释归解释，我被带去警察局，结果判高楼抛物罪，罚款兼坐牢。最不值得的是，从此人们在我背后指指点点。

说我怕老婆，被老婆打得鼻青脸肿，只好打破别人的汽车来泄愤。

至于胡先生，已经改了午夜鸣汽笛的习惯，不过牌照打。

我的失眠症越来越严重，除了受打牌声干扰之外，我夜夜在想，这到底是怎么一回事？

只是为了求证

去年六月，老婆任职的公司来了一个新同事，名叫贝琪。她三十多岁，已婚，有一个三岁的儿子。我没见过她，她却给我带来一些烦恼，一些压力。

随便举一个例子。

贝琪不厌其烦地告诉我老婆，她的丈夫多好，常常带家人上馆子。新加坡的酒楼餐馆，几乎都吃遍了。话题当然包括哪一家酒楼有哪道招牌菜，好到吮手指。

从此，老婆便时常吵着要上馆子。我说不能常去，还告诉她几个理由。我们的经济不太好，请女佣便花了三百元薪水和三百五十元劳工税。请女佣主要是让她准备三餐和照顾孩子。何况外头的大餐味道虽好，但加太多味精，吃多了对健康没有好处。

老婆把理由转告贝琪，结果被她一一驳倒。于是，老婆又唠叨个没完没了。

再举一个例子。

贝琪三番五次地告诉老婆，她的丈夫很爱孩子，打算多生几个。她说新加坡遍地黄金，只要生下来，天生天养，绝无后顾之忧。她鼓励我老婆努力生产。

老婆自此觉得不多生几个孩子是件亏大本的事。我反对此说，同时提出了几个理由。我们已经有四个孩子。孩子多，病痛多，现在医药费贵得惊人，负担不起啊。学校纷纷自主，学费一个月几百元，四个孩子的教育费已经要了我们的老命，岂能多生？

不用说，这些理由又被贝琪一一驳倒。

今年一月，我告诉老婆，做人要礼尚往来，应该向贝琪提供一些建设性的意见，如告诉她家里有一个女佣多好。我知道贝琪唯一的孩子由她母亲照顾，夫妻俩又上馆子用晚餐，没有什么必要请女佣。当然要请也可以。

老婆第一次劝说没有成功。我教老婆告诉贝琪，我们决定多聘请一个女佣。

我做梦也没想到，效果好到差一点儿闹出人命。那个爱家庭爱孩子的男人，经不起贝琪没完没了的唠叨，一拳把妻子打倒在地上。

从此，老婆没有再唠叨上馆子和生孩子的事。不过，她偶尔会谈起，贝琪和丈夫的关系越来越僵，搞不好可能会离婚。

真是罪过。不过说实话，我没有害人之心，只是想证实一下是不是只有自己的老婆没有主见。

爸爸的儿子

我忽然想考一考你的智慧。问题如下：

三个爸爸都有一个儿子，他们家里都有一间自己专用的书房，他们都有一个共同的习惯：不能忍受在书房里做事时，一时找不到要用的工具，比如笔、尺、剪刀、橡皮擦。他们唯一的不同点是处理这件事的方法。

1.第一个爸爸对儿子说：擅自拿别人的东西是犯法的，就算是拿爸爸的东西也一样，以后不准再动我的东西。

2.第二个爸爸对儿子说：整天到书房拿我的东西，又不放回原处，我决定把房门锁了，不让你进我的书房。

3.第三个爸爸对儿子说：我一回到家，就听到哭泣声，好像是橡皮擦在哭，他迷路了，不懂得回家。你带它出去玩，忘了带它回家。

三个爸爸的儿子后来长大了，都找了一份工作谋生。请你猜一猜，这三个爸爸的儿子的职业是什么？

答案：1.关税人员　2.开锁匠　3.教师

如果三题都答对了，你可以回答第四题。

4.假设你是第四个爸爸，你要儿子长大后从政，碰到以上的情境，你应该怎么做？

答案：　4.接受任何合理的答案。

答案

多事的老马，知道我偶尔也写写文章，便提出一个问题来考我。我知道你大概对文学也有点儿兴趣，所以便把那位朋友的问题在这里说了，让你也来帮忙找答案。

问题是这样的：有两个在日军投降那年出世的同学，他们在中学时期便开始爱上写作。甲不愧是个天才，作品每投必登；乙不愧是个庸才，作品从来不曾见报。从此，甲写作不辍，到了六十岁，著作等身，出版的作品有百来部。乙碰了钉子，弃文从商。

他们六十一岁那年，奇怪的事情发生了。乙的文章频频见报，却不再看到甲的作品（注意：甲并没有停笔）。原因何在？

这到底是怎么一回事？

我接到这个问题后，推敲了几天，想到一些可能的答案。

不妨抄在这里，让你提提意见。

1.甲是个多产作家，写了几十年，已没有新鲜题材可写，只能炒冷饭。炒过的冷饭哪个编辑会喜欢呢？乙就不同了，在商界混了几十年，生活阅历丰富，五花八门、光怪陆离，一落笔，比带露水的草莓还新鲜。

2.甲几十年来只顾拼命写，不阅读，不充电，就靠那一点儿才，现在已江郎才尽，写不出好东西。乙呢？商余博览群书，各家各派，理论创作，无不涉及。久而久之，下笔如有神助。

3.报章文艺副刊换了编辑。甲是个穷酸文人，斤斤计较，没有收到稿酬，还写信去讨。新编辑不喜欢这种作风。乙不把稿酬看在眼里，稿酬要么不领，领了，也和编辑五五分账。

4.甲富有正义感，写尽社会不平事，尤其是当局的政策，诸多意见，频频抨击。乙风流成性，风花雪月，无病呻吟，不痛不痒。报社易主，走的是亲政府路线，编辑用谁的稿，一目了然。

5.甲……

"你还是别写下去，去喝茶聊天，省事。"

我吓了一跳，转头一看，原来是老许。他不知站在我背后多久了。

"你来得正好，帮忙想想，哪一个答案对？"

"都错。报社取消文艺副刊。乙有的是钱，就把他的九流文章当广告登。甲是穷光蛋，作品当然无法见报。"

"我不同意，我们的报纸一向很重视文艺副刊，一星期数大版，这和事实不符。"

"我的看法也和你一样，可是老马说过这绝对是正确答案，不信，再仔细研究问题。"老许说。

我和老许再把问题看过数遍，还是没有办法接受这个答案。

我们实在不愿再伤脑筋了，决定喝咖啡闲聊天。

鸦鸦鸦

我信仰客观理智，生平最讨厌主观偏激。因此，我对把"天下乌鸦一般黑"当作金科玉律的人，深恶痛绝。这句话指的是乌鸦实体的表征，乍听起来颇有道理，可是人们在说"天下乌鸦一般黑"时，指的都是抽象的内在思想意识，两者根本风马牛不相及。

不幸的事情终于发生了。

那天，我竟然被批评"天下乌鸦一般黑"，批评的口气，讥笑、嘲讽、挖苦、鄙视，兼而有之，如一束毒针，直刺心窝，欲置人于死地。我虽然不是圣人，也犯过一些错，但我已洗心革面，堂堂正正。众人咬定那些骚扰听觉神经的噪声是由我制造的，我竭尽所能地为自己辩护，不果，却被"天下乌鸦一般黑"的狂笑声活活击倒。

为了证明他们的错误，我只有一个选择：以死抗议。

也许命不该绝，我在死亡边缘挣扎时，让人给救了上来。

在迷迷糊糊中，发现四周围着密密匝匝的人群，七嘴八舌地谈论着。然后，车子把我载走了。

我醒过来的时候，旁边的几个人似乎没有察觉，他们正在争论着一些问题。

"这分明是恶作剧，哪个虐待狂，居然把乌鸦油上颜色。"

"我不同意你的看法，那家伙分明心理不平衡，痛恨黑色，患上偏激症。"

"你们都错了，那笨蛋一定又做了什么不光彩的事，被人批评'天下乌鸦一般黑'，心里不服，便决定制造一只彩鸦。"

另一个人挂了电话，说："飞禽公园的兽医说，去油剂会破坏羽毛的生长组织，也会造成严重中毒，建议人道毁灭。"

我伤心地流泪，为了证明"天下乌鸦一般黑"是谬论，为了证明犯过错的并不一定永远是坏的，我跳进汽车修理厂的油漆糟里。想不到……

我并不怕死，我只是想让人们知道我心中的委屈。临死前，我终于说了：

"鸦鸦鸦……"

春是用眼睛看的

春的开始

世界大旅店为了争取房客，趁春节来临之际，大搞宣传活动。传单以四色套印，画面以舞狮为主题，并题了一个大大的"春"字。传单如桃花开遍全国各角落后，举国哗然。问题就出在"春"字。董事主席立刻下令宣传部马上召开紧急会议，讨论应对之策。

春的经过

经理：上头要我们开这个紧急会议，检讨为什么会犯这个错误，现在应该怎么补救。

主任：我看宣传单画稿的时候，对"春"字有点儿怀疑。你们知道，我到英国读书以后，便没有碰华文了。不过，我对"春"字还有一点儿印象。我本来要 Michael 去查字典，可是……

副主任：当时我去查字典就好了。可是手头没有华文字典，相信大家都没有。有也不会查，现在用什么汉语拼音，我不行啊。你们知道，Charles 上过华人传统节日的课程……

助理主任：我是上过。不过是用英文上的，不然我怎么知道华人新年又叫 chun 三声 jie 二声……

副经理：是 chun 一声 jie 二声不是 chun 三声 jie 二声，chun 三声是笨，是 stupid 的意思。

（一阵哄堂大笑声）

助理主任：对，是 chun 一声 jie 二声，华文字怎么写，我可没有学。

经理：Paul，你的华文不错啊！怎么没有发现错误？

副经理：过奖过奖。我只学听和说，没有学读和写。Simon 提起过"春"字怪怪的。我说什么怪，画家写的，画家既然会画华人传统节日，难道不会写一个"春"字，是不是？Charles，画家是你找的。

助理主任：画家是留学法国的。好像读过几年华文。在外国，搞华文传统文化很吃香，他的画专攻这方面。

经理：算了算了，这样谈下去不会有结果。还是想个办法跟上头交代。Thomas，你有什么意见？

助理经理：这个问题也不难解决，华文字有很多种写法，什么楷书、行书、草书、繁书、简书。"春"字一定有多种写法。我们就说，三千多年前，"春"字是这样写的，我们要的是源头的传统文化。

经理：行得通吗？

主任：我认为这种解释太冒险。要是"春"字从来没有这样写过，被人揭穿了，不是更下不了台？我看还是用现代的精神来解释好。"春"字底下本来是一个"日"，"日"是太阳。阳光普照，风和日丽，就是春天来了。现在我们写成"目"字，"目"是眼睛，春天一来，我们最先是用"眼睛"发现的。

所以，我们可以解释成"春"是用眼睛看的。

（一阵哄堂大笑声）

经理：行得通吗？

助理主任：我认为"春"的"日"本来就应该写成"目"字，是中国人太古板。"春"是 spring，spring 有跳跃、富弹性的意思。"春"字多一画，看起来更 spring。

（又一阵哄堂大笑声）

经理：行得通吗？

副主任：其实，多一画少一画都一样，只要看了知道是"春"是华人新年就可以了。

主任：Michael 的话有道理，有些人把"春"字倒过来写，也没有人管。

副经理：不能不管，这等于告诉人家我们不懂华文，其实我们懂得的也不算少。

经理：还有没有其他的意见。如果没有，我倒有一个办法。

众人：什么办法？

经理：说我们为了引起人们的注意，故意把"春"字写错，这是广告宣传术的一种。现在不是举国上下都在谈世界大旅馆的春天吗？

众人：好办法！

经理：会议结束，谢谢大家。

春的结束

世界大旅馆经此宣传，名声大噪，住客率扶摇直上，达到一百巴仙。结果，该旅馆宣传部获颁 2012 年最佳部门表现奖。

洗不掉的年

对年，他有种很特殊的感受。

他身边的人，不知道他对年的特殊感受是什么。

在除夕，他总是亲自清洗地板。那是一间双层半独立房子，有女佣打理，地板并不脏。然而，自从搬到洋房后，每年除夕，他都坚持这样做，而且不要别人帮忙。

老母亲也不过问，新年前大扫除，洗地板，把旧的霉运清洗掉，迎接新的一年，是华人的传统嘛。

对他来说，霉运可以洗掉，但额上的疤痕、心上的烙印，就算每年洗，却永远洗不掉。

很久很久以前的年。

在一个村子里，除夕那天，一个念初三的男孩，一个念初一的女孩，还有其他的孩子，在一起玩板球游戏。他们非常非常兴奋，在他们或多或少的帮忙下，家里的年糕上灶了，鸡鸭宰了，春联贴了，红绸挂了，就等着年跨进门槛。

正玩得高兴，他在击球时，木板脱了手，飞到她头上，她惊慌地用小手按着额头，血从指缝流到脸上，殷红的血和苍白的脸形成强烈的对照。

她是村子里有钱人家的女儿。他惊慌失措，只想到伤口应该在他的头上。

家长都来了，一边替她治伤，一边把他狠狠地斥责一顿。

她的伤口不大，很快止了血。

她的奶奶说："我们的阿娟如果额上留下疤痕，阿成可要娶她。"

他只觉得从脖子热到耳根，偷偷看她一眼，她苍白的脸蛋儿突然红得像挂在门楣上的彩绸。

这个年发生的意外，果然在她左眉的斜上方留下一道半寸长的疤痕。

他本来就喜欢她，但是不敢喜欢她。她奶奶的话，使他产生勇气喜欢她，应该喜欢她。

他很穷，她很有钱。他和她念书的学校隔不远。他不敢公开接近她，有时偷偷见面，但谈得不多，都把心里的话写在纸上，互相传递。

年去年来。

他高中毕业了，没钱上大学，到一家洋货店当财副兼伙计。

又过了两年。她也高中毕业了，但升上大学。

那年除夕，他约她去看电影。她答应了，不过要他征求母亲的同意。

那年除夕，他真的去见她母亲，说明来意。

"你怎么有空儿呢？你家的地板还没有洗啊！"她的母亲说，冷冷的表情。

"我家……"

"阿娟额上虽然有疤痕，还是有很多人要，她可是个大学生呢！"

他低着头回家。

他从井里打了两桶水，挑到屋子里。

他愣愣地站在那儿。

洗地板？怎么洗呢？

在他脚下的，不是云石，不是水磨石，不是瓷砖，不是塑胶砖，不是水泥，而是，而是用石磨打实的泥土。

就在除夕，就在应该洗地板的时候，他家却拥有不可以洗却有人要他洗的地板。

他终于放弃洗地板，他终于放弃约会。

从此，他发奋图强。

他当小贩。他开餐馆。他与人合作搞饮食业。他赚了钱。他买了洋房。他终于拥有可以洗刷的地板。

这一切，花了他好多好多年。

从此，每年除夕，他都会默默地在家里洗地板。

云石可以洗得亮闪闪，但却洗不掉他心上的烙印，洗不掉阿娟额头的疤痕。

他不知道她的下落，也没有打听她的消息。

她可曾知道，年，是疤痕！年，是烙印！

她可曾知道，他对她的爱，就算用净板素，就算用清洁剂，洗也洗不掉。

结局

　　她那白里透红的娟秀脸蛋儿，看起来神采飞扬，但骨子里却十分累。这是她学成归来后的第一个专题演讲，关系到她的前途与声誉，只许成功不许失败。因此，她全力以赴。观众的反应热烈，证明她的努力得到回报。

　　她费了很大的劲儿，才摆脱那些对她非常敬仰的热情听众。

　　她头也不抬地走进电梯。电梯门关上，她抽出一张纸巾，仰头抹汗时，才发现电梯里有一个男人。白白净净的青年，瞪着她看。她本能地把领口拉高。他的表情很不自然。

　　电梯门打开，外头光线微弱，停车场一片朦胧，静得出奇。她抢先冲出电梯，走向停泊车子的地方。她知道有人紧紧地跟着她。

　　她一边放慢脚步，一边伸手进手提袋掏摸。真要命，警笛和喷射剂都留在会场。

当她走近一辆货车时，被人从后面拦腰一抱。她早已知道会发生这种事。她没有叫喊，扭过头冷静地问：

"你到底要做什么？"

货车的门突然被拉开，那个人把她推进去，跟着爬上车。

那是一双躲在昏暗角落的猫头鹰眼睛。

她被推倒。她没有反抗。

对方不再那么粗暴。他伸手摸她的脸蛋儿。

"你不怕死吗？我患了艾滋病。"她说。

"我也患了艾滋病，反正快死了！"

"哎呀！我的天！救命啊！谋杀啊！"

她突然高声叫喊，撕肝裂肺的尖叫声。

这突如其来的尖叫声，使那个男人慌乱地冲出货车，像一溜儿烟吹向停车场的出口处。

这个故事可在此结束，也可以发展下去。以下是 A、B、C 三种可能的结局。你若有兴趣，不妨继续看下去。

A

她回家泡了热水浴，待情绪平静后，便拨电话给妇女会的负责人。"是柯女士吗？你好。"

"朵丽丝梁博士吗？恭喜你啦。你的色狼性心理讲得太好了。现在大家觉得安全多了。"

"还有一个更精彩的专题，经过临床实验呢！保证她们受惠。不过，收费应该调整。"

"没问题，我替你安排。"

B

她回家泡了热水浴，待情绪平静后，便拨电话给妇女会的负责人。

"是柯女士吗？你好。"

"朵丽丝梁博士吗？恭喜你啦。你的色狼性心理讲得太好了。现在大家觉得安全多了。"

"都是纸上谈兵，理论归理论，不一定管用。散会后，我差一点儿在停车场被施暴。"

"有这回事？"

"我吓对方说有艾滋病，没料到那是一头艾滋病色狼。"

"结果怎样？"

"我只好高声叫喊，把色狼吓跑了。"

"老天保佑。"

"我想应该再给大家讲一讲，这种无法预见的情况，不收费。"

"那好，我替你安排。"

C

以上的两种结局，在你阅读之前，并没有任何意义，也不曾客观地存在。

因此，如果你读 A 或 B，这篇小说只有一种结局；如果你读 A 和 B，它有两种结局；如果你都不读，它可以有第三种结局：你创作的结局。

这篇小说因你而存在，读者反映批评理论说的。管不管用，你最好去问朵丽丝梁博士。

如果要他合上眼

　　他躺在床上，一动也不动。他很想转动一下眼珠，看看前来探望病房里其他病人的女人。但做不到，只看见影子在他眼前晃动，从他眼前消失。

　　如果他跟环珠结婚，现在她会出现在他面前，陪伴他。

　　如果他不是常想起佩春，不拿佩春和环珠比较，便会和环珠结婚。

　　如果佩春不知道李秋曾经喜欢他，佩春便不会接受另一个男人。

　　如果他接受李秋的感情，便不会爱上佩春。

　　如果他的老师不抢走青芳，李秋便不会走进他的圈子。

　　如果青芳的思想成熟一点儿，不拿他和老师比较，便不会接受老师的爱。

　　如果没有比较，青芳便会爱上他。

　　如果没有比较，他便会爱上李秋。

如果没有比较，佩春便会爱上他。

如果没有比较，他便会爱上环珠。

如果……

他要数一数，多少个女人决定他这一生。他想用手指算，手指不能动了。他想用心算，脑子不管用了。

终于，她们全来看他了，一个一个地来。有几个？他用眼皮数，很重很重的眼皮。

清早，他睁开眼，看见青芳站在面前。他痛苦地合上眼。

午后，他睁开眼，看见李秋站在面前。他痛苦地合上眼。

黄昏，他睁开眼，看见佩春站在面前。他痛苦地合上眼。

夜晚，他睁开眼，看见环珠站在面前。他痛苦地合上眼。

凌晨，他睁开眼，看见医生站在面前。他痛苦地合上眼。

"唉，就这样走了，连一个女人也没有。如果有一个女人爱上他……"

这是他听到的最后一句话："如果有一个女人爱上他。"听了，他痛苦地合上眼。

不关椅子的事

　　我越想越觉得不对劲儿，为什么生来就被人骑在头上？我有四只脚？四只脚的东西多的是，桌子也是，动物也是，人也是。人向上爬的时候，不用四只脚用什么？

　　还是说我的同行桌子，他比我幸运。不管怎样，他体面得多了。我被人骑在头上，那些家伙再窝囊，也大胆地骑在我头上。桌子就不同了，没有人骑在他头上，只把手轻轻地往他头上一搁，那种感觉多舒服啊！对！就算最糟的时刻，有人大发雷霆，顶多在桌子的脑袋上拍几下。桌子可风光呢！有人替他打扮，你看，披上头巾，插上鲜花……是，是装门面。这年头，就是靠装门面鱼目混珠混过去。哪里像我，靠真本事撑着，撑着那些只专心一致地坐在那儿等领功受赏的人。

　　你说得倒好听。我可以不当椅子，反正有四只脚，就当桌子好了。不要忘记，我有靠背啊！你有没有弄错？不要靠背？不要靠背我怎么活？我靠什么活下去？可怜就可怜在我需要靠靠背怜悯，才能活下去。就算我没有后顾之忧，毅然把靠背扔了，我那副德性也改不了，不可能彻头彻尾变成另一个样。受欺压始终受欺压。历史不曾这么说？那当然，历史是人写的，是人写的便会骗人。为了迎合奉承，把坏的写成好的，为了达到自己的目的，不择手段，把好的写成坏的。要是我有一天把靠背扔了，搞不好当不成桌子，反而变成凳子，凳子更可怜。

记得以前乡村酬神做戏，在开锣之前，人们便用凳子来霸位。结果，凳子成为众矢之的，被人扔来扔去，脚都扔断了。现在时代变了，街戏没落了，偶尔上演，也没人看，何来霸位之举？现在排队霸位是为了置产业，买股票，买邮票，买车卡，买地铁卡。还好今天没人带凳子去排队，不然排了，买了，转手卖了赚了钱，不把凳子扔了才怪。

做凳子、椅子都不是风光的事，都受尽委屈。有时候认真想想，或者不认真想想，扮演这个角色也不是一无是处，也尽了一点儿力，也做了一些事，虽然是微不足道的事。气就气在出了力，做了事，被人利用了，还要听风凉话。这是什么论调？你想坐的时候就坐，从来不理会被坐的是什么，坐了以后的结果是什么，根本没有想到坐的是不是椅子。虚伪也要有分寸。对，椅子可以坐，床可以坐，地板可以坐，石头可以坐，栏杆可以坐……你不要狡辩，在你坐之前，你已经想到什么可以坐，什么不可以坐。对不对？不然，你为什么不坐在牛粪上？不坐在老虎头上？不坐在炸油条的热锅上？不坐在总统的肚脐眼儿上？你分明在替你的所作所为找借口，为你的欺压手段辩护。你不要否认，我相信，你要坐下来的时候，肯定知道要坐的地方可以坐，而且进入脑袋的第一个影像，就是椅子。就像现在，你骑在我头上，在算着乱七八糟的加薪率。你当然可以伏在沙滩上算，躺在草地上算。但你不要忘记，只要你想坐着算，必然会想到椅子，而不是想到沙滩，不是想到草地。说你乱七八糟，一点儿也没错。只顾自己加一万八千，却不曾考虑到椅子。对，对，你随时可以买千万张新的。不过你仔细想想，如果没有这张旧的椅子给你坐，你就没有机会或者没有权力做乱七八糟的事。你这样乱七八糟的人需要椅子，一点儿也不稀奇。

皇帝需要椅子，宰相需要椅子，一品官需要椅子，县太爷需要椅子……没有椅子，他们都要歪七倒八地坐在街头挨饿了。可是，谁听说过，可以没有皇帝，没有宰相，没有……却不可以没有椅子。只听说过，可以没有椅子，不可没有皇帝。我想过，如果不要做椅子，唯一的办法，就是不要把自己当椅子。你骑在我头上的时候，我把自己当针毯，让你受罪；把自己当冰块，让你冻僵；把自己当炸弹，让你的屁股开花……可是，话说回来，你这狡猾的家伙，你这需要一把椅子的家伙，你的托词是，你坐的时候，根本没有想到椅子。既然你坐的时候没有想到椅子，椅子把自己当针毯、当冰块、当炸弹，便起不了任何作用。事情是相对的，我马上想到从另一个角度看问题。令人鼓舞的是，既然你在欺压我的时候，没有把我当椅子，我便不是椅子。因此，我可以堂堂正正地宣布我的结论：我不是椅子！

遗 志

他的父亲去世的时候，他很难过。

父亲在的时候，他并没有好好地陪过他。先是忙于学业，接着是忙于事业。

如果他们没有移民到美国，父亲不会那么寂寞、那么忧郁，健康不会垮得那么快，也就不会那么早离开他。

自从他的父亲死后，他感到很内疚。

因为他没有把华文学好，升不了大学，他的父亲才决定移民到美国，让他在这里完成大学教育。

他时常把内心的感受，告诉那个一句华语也听不懂的儿子。儿子说无论从哪个角度看，他根本没有理由承担任何责任，更没有责备自己的必要。他的儿子说他老了，人老了是有点儿问题的。

儿子的话也不是没有道理。他的父亲在生前也告诉过他，移民美国是自己的心愿，跟他的学业无关。不过，他不相信父亲的话，父亲分明是在安慰他。

他知道自己的健康彻底溃败，大概要走完人生的路程了。他开始喜欢整理自己的东西，这是他这一生应该做的最后一件事。

也因为这样，他才会在铁橱里发现父亲静静地留给他的遗嘱。

离开苦难的中国，到哪儿都好。

——姚伯年

摆脱英国殖民地统治者，争取新加坡独立。

——姚楚民

此地不宜久居，移民到欧美。

——姚燕勤

根重于一切，离开美国。

——姚惠祥

在一张发黄发霉的旧纸上，躺着上面那些字，字迹模糊。说躺着，没错，写字的人都躺下了。他以中学时的那一点儿华文基础，揣摩了半天，才知道是怎么回事。姚惠祥是父亲，姚燕勤是祖父。那么，姚楚民和姚伯年应该是祖父的父亲和祖父了。

看着遗嘱，不，应该是遗志，他感到很难过。做儿子的都实现了父亲的愿望。可是，只有他，他是离不开美国了。不过，他还是在祖父的遗书上，冒着冷汗吃力地抄写了以下一行字：

根重于一切，leave USA+other western countres。

想到儿子至少看得懂 leave USA+other western countres 几个字，他才心甘情愿地合上双眼。

俊男俏女

我忽然对"俊男俏女来相会"的电视节目感兴趣了。以前听朋友说过，这个节目是为了替那些"怕嫁不出去"和"怕娶不到老婆"的"旷男怨女"拉线而制作的。

明知朋友语不惊人死不休，但我对这个节目始终没有兴趣。去年的一个晚上心情不好，想借电视解忧。

荧屏一闪，出现十位男女，容光焕发，有才有貌。令我大吃一惊的是，陈麦可和王苏珊居然是其中的两位。起初我还以为人有相似，后来从他们讲话的声音和表情，才肯定无误。他们两人是我大学的同学，不但早已相识，而且已经订了婚。三个月前，我才参加了他们的订婚茶会。

现在的人对感情实在太随便了，说分就分。不但分了手，还急着另找对象，急到找人"拉线"。两个人还在同一个节目中"同台演出"，幸好苏珊被一位名叫汤姆的男士选作"伴侣"，没有和麦可凑成对，才没有那么尴尬。经过几轮的游戏和比赛，苏珊和汤姆那一对脱颖而出，勇夺"俊男俏女"，奖金五千元。

过后，我和麦可通电话。不敢单刀直入地问他和苏珊分手的事，只是旁敲侧击，想敲出一点儿消息。

"什么？我和苏珊分手？就凭参加那个节目？哈哈，你还是那么土。"

"可是，你们分明公开另找对象……"

"老郁，你放心啦。我们是为了丰富的奖金，又可以上电视，出出风头嘛。"

"原来如此。你为什么不和苏珊凑成一对？一半奖金却让别人给拿走了。"

"你说那个家伙，汤姆是吗？他运气好，误打误中，得了选择对象的优先权。他选了苏珊，有什么办法？"

苏珊是个漂亮的女孩，人又聪明。在大学读书的时候，迷倒了许多男同学。麦可人长得帅，口才好，就是不踏实，吊儿郎当的。他使尽浑身解数，才把苏珊追到手。许多同学都在背后替苏珊叫屈，她应该可以找到更好的伴侣，无奈却被麦可的"死缠术"征服了。大家也得到一个结论：追求女孩子，本身的条件不太重要，最主要是脸皮要厚，胆大心细，死缠烂打。

从此，我对"俊男俏女来相会"有了兴趣。只要有空儿，我会坐下来欣赏。一来可以看看有没有熟人上节目；二来可以看看那些已经有了大群男友或女友，甚至订了婚的先生小姐们如何卖力表演，去争取丰厚的奖金。

苏珊又在荧屏上出现了。这回，她不是参加有奖比赛，而是参加由"俊男俏女来相会"为各期的优胜者主办的旅游活动。

在风光明媚的巴厘岛，苏珊和汤姆形影不离，感情很融洽，不像在演戏。我觉得不大对劲儿，立刻给麦可拨了个电话。麦可在家，也在看节目。

"老郁，你放心好了，那只是逢场作戏。"

"今天是周末，怎么没陪苏珊？"

"哦，苏珊可忙呢！大酒楼请那些'俊男俏女'吃大餐。"

"还是劝苏珊不要再跟那个汤姆参加什么活动了，免得日久生情。何况，对方不是泛泛之辈，是电脑工程师呢！"

"你放一百个心好了，苏珊不是那种人。"

第三次在荧屏上看到苏珊。也是"俊男俏女来相会"节目，不过播映的是"俊男俏女"正式举行集体结婚的盛况。

这一回，我不敢打电话给麦可。

声音

父亲活得很苦，我没看见他笑过。

很少人明白，父亲为什么活得那么苦。

父亲大学毕业后，在公共部门服务。他时常向母亲诉苦，说学历比他低、年资比他浅的同事又升职了，成了他的上司，就因为他们的工作报告写得比他好。

自从我上学后，父亲天天提醒我，一定要把英文学好。华文嘛，及格就行了。可是事与愿违，我的华文很棒，英文却马马虎虎。父亲骂我不争气时，母亲便顶撞他：

"有其父必有其女，你的英文也好不到哪里去。"

想不到事情有了改变。

父亲笑了，而且破例买了一瓶酒回来。

他一边喝酒，一边兴致勃勃地对母亲说："他们终于肯听我们的声音了。啊，二十多年了，他们终于肯听我们的声音了。"

父亲说着说着，竟唱起歌来，而且手舞足蹈。

我第一次看见父亲笑，第一次听见父亲唱歌，第一次看见父亲这么高兴。

"你不要再喝了，你醉了。"母亲说。

"我没有醉，他们终于肯听我们的声音了。丽儿，早报录取你做学生通讯员，你要好好努力。"

"爸爸，你答应了？"

"好好努力，他们终于肯听我们的声音了。"

"谢谢爸爸。"

我高兴地走进书房，拿出稿纸，准备替学生版写篇学校活动报道。

当我握笔疾书的时候，楼下传来"砰"的一声巨响。我马上冲出书房。

父亲靠在窗口，东歪西倒，母亲吃力地扶着他，站不稳，我连忙上前帮忙扶父亲。

"妈，发生什么事？"

"先扶你爸爸到沙发上躺下。不会喝酒还要喝，现在闯祸了，把酒瓶丢到楼下，把人家的汽车镜子打烂了。"

"怎么办？"

"等警察上门，真气死人了，一辈子倒霉。"

我看看父亲，他满脸通红，嘴角还挂着微笑，醉得像一团泥。

"妈，警察来了怎么办？"

"只好认了，我会说我反对你爸爸喝酒，抢过酒瓶，一时脱手，酒瓶飞出窗外。"

"可是，是爸爸丢的。"

"听妈妈的话，我去坐牢不要紧，要是你爸爸坐牢，前途就完了。你看他今天多高兴……"

母亲说着，眼泪流了出来。我的眼眶也湿了。

屋里的空气好像凝结了，父亲的打鼾声、母亲的哭泣声，在寂静的夜里异常响亮。

这时，外面传来警察的敲门声和说话声。

父亲根本不知道，我现在听到的，竟是这样的声音。

搭车传奇外传

作为无车阶级但又不能不食人间烟火的市井小民，我们的幸福操纵在公车公司的董事老爷们手里。

还好我们的董事老爷很英明，非常照顾我们这些市井小民。

"你们不必买车，我们会提供最好的公共交通服务，让你们用最少的钱、最短的时间，去你们要去的地方。"

言出必行是君子。公车公司的董事老爷们果然有仁者之风，为市井小民提供了周到的公车服务，虽然不是免费服务。

可是好景不长。公车公司赚了大钱，还是贪得无厌，频频调高车费。以种种理由、种种借口，最打动人心的理由是：为搭客提供更好的服务。

花钱享受，心甘情愿，没什么好说的。

可是并不是那么回事。公车服务不但没有改善，反而更差劲。我起初怀疑个人的感受太主观，不足为信。后来时常在报纸上看到有关公车服务的投诉，才肯定受害的人不少。

我把投诉的内容稍加归类，主要有以下几条：

1. × 号路线公车穿行次数减少，搭客等车时间加长；

2. 公车太拥挤，脚无立锥之地，有时要金鸡独立；

3. 公车到站不停，停了不开门给搭客上车；

4. 搭客还未完全上车或下车，公车便开了。

有关的投诉，有日期时间，有车站地点，有公车路线号码，有车牌号码等，可以说有凭有据。

对于各种投诉，公车公司的反应非常快，隔两三天便为文答复。答复的文字一流，大概是以高薪聘请专人来做这件事（以请公车司机的钱来请"解诉人"，不愧是个好办法。搭客人数一定，少一个司机和一辆公车的开销，收入还是一样，因为没有别家公司抢生意）。

还是来看看答复信的高明之处，以下是一些样例。

1. 由于一辆公车抛锚，造成 × 号路线服务脱节；

2. 由于公车服务好，许多人卖掉车子，改搭公车，造成搭客激增；

3. 由于交通严重阻塞，造成 × 号路线公车迟到站；

4. 为了搭客安全，公车不超载，故没让搭客上车；

5. 经过调查，× 号路线公车服务正常；

6. 经过调查，搭客满意 × 号路线公车的服务水平；

7.经过研究，×号路线公车服务令人满意，无须增加班次。

每天翻开报纸，投诉信依然，答复信依然，公车服务水平依然。

实在忍无可忍，听说小小说能针砭时弊，影响力很大，收效卓著。于是便决定写一篇小小说来讽刺公车公司。

这篇小小说最妙的地方是，写公车上有一块这样的告示牌：

本公车载客量如下：

司机：1人

上层车厢座位：40人／不准站立

底层车厢座位：30人／只准5人站立

超载严办

小小说发表后，引起颇大的反响。公车公司上下乱成一团，立刻召开紧急会议，并马上写文章在报上公开答复，答应即日起增加×号路线公车的载客量。

我内心颇为沾沾自喜，小小说果然是匕首，果然犀利。

接下来几天，我搭乘×号路线公车时，发现情况并没有改善，照样挤得惊心动魄。

按捺不住，我问身边一个不认识的搭客：

"公车公司不是答应增加载客量吗？干吗空口说白话？"

那个人白我一眼，说："加了，你自己没留意。"他指着车厢内那块告示牌：

本公车载客量如下：

司机：1 人

上层车厢座位：40 人 / 不准站立

底层车厢座位：30 人 / 只准 50 人站立

超载严办

告示牌上有关公车底层站立搭客的人数已经从 5 人改为 50 人。

快餐对话

吴明和卡迪安离开地铁站，走进一间快餐店。

他们是在两年前认识的。那时，卡迪安在"学生浸濡交流计划"下，前来学习华文。卡迪安被安排在吴明就读的光明中学上课，同时寄宿在吴明家里。

一个月的相处，使他们成为好朋友。这回，卡迪安是旧地重游。

买了两份快餐，他们坐在靠玻璃窗的位子。他们默默地吃着。

"刚才的事，真对不起。"吴明终于打破沉默。

"那件事和你没有关系，而且已经过去了。"

卡迪安口里虽这么说，想起刚才那个地铁站职员的态度，心里就生气。那块英文告示牌，他真的看不懂。

"英文你看不懂，我们华人都懂，你是洋人，怎么也看不懂那几个英文字，骗小孩子！"地铁站职员说。

"法国人不一定要懂英文！"卡迪安用华语说。

那个职员听了，瞠目结舌。他虽听不懂，但够机灵，立刻抢白说："那你问你的朋友啊，他是新加坡华人，他懂英文。"

地铁站职员说的朋友是指吴明。

"这是另一回事。""对不起，这是一场误会。"吴明连忙道歉，拉着卡迪安匆匆离开地铁站。

"希望刚才的事不会使你对我国留下坏印象。"吴明喝了一口可乐说。"不会的，这一次我来，看见地铁站还是没有华文告示牌，觉得很失望。"

"已经改变很多了，现在偶尔有用华语播报。"

"你们为什么不提出要有华文告示牌？"

"不知道，可能是大家都看得懂英文。"

"我有点儿不明白，既然花了千千万万元建设了伟大的地铁系统，却没有花一些心思在告示牌上。"

"因为它不影响地铁正常操作。"

卡迪安突然把视线停留在墙上的快餐海报上，问："快餐这样受欢迎，是不是海报上印有华文字？"

"不是吧，肚子饿的时候，我们不理这些。"

"东方文化实在太深奥了。"卡迪安若有所思。

"想不想来一些英国水果馅饼？"

"还是法国炸薯条好，华人春卷也行。"

卡迪安微笑着，很含蓄。

附录

生活窘境与道德失范

——林锦微型小说的叙述母题

刘海涛

  林锦是新加坡文坛上涉足微型小说较早的作家、编辑和组织者。他于 1990 年出版的微型小说专集《我不要胜利》在新加坡现代微小说发展史上具有一定的意义。

  这部专集共有 40 篇作品,第一篇《凶手》到第 13 篇《老同学》是乡土题材,叙述的是新加坡城市化以前的乡村中的人与事,林锦用一种接近散文的叙述方式复现了几十年来积淀在他心里的情感体验和故事意象。从第 14 篇《急促的打字声》到最后一篇《也是英雄》共 27 篇作品是现代城市题材,林锦常用比较典范的微型小说的叙述方式吐露他对新加坡城市化后人的生存状态的多种理解。这种作品的编排方式隐含了作家的生活经历和作家运用微型小说文体的艺术过程。

  如今,新加坡的农村已荡然无存了,但在新加坡中年作家的笔下还屡屡呈现农村的故事和人物,并且在不同的作家笔下还会有不同版本的故事。张挥的乡土系列微型小说也有十几篇，但张挥比较多地写到淳朴乡民的美德和乡村生活的诗意（如《紧身花衫裤》和《喇叭花》）。而林锦的乡土系列更多地是展现一种乡村生活的艰辛和乡民生活的窘境，他每每以叙述主人公难以释怀的"伤结"来触动现代读者的阅读情怀。《那只大斑蝶》可引发我们对"阿歪"生存状况的悲怜和愤怨，他费尽精力和体力去捕捉那只美丽的大斑蝶的动机正是为了报复那个欺辱他的柴杆，而阿歪的结局和阿歪心中那想超脱现实的可怜的愿望十分具体地概括了乡村中这类苦难人的生存状态。《庆祝》里一个中彩的误会，把主人公一家的极为难得的欢乐一瞬间像击中肥皂泡似的击得粉碎，这种生活窘境烙入了读者的心扉，让人久久难以忘却。林锦有时也让过去乡村生活中的诗意闪射光芒，但是他同样是将它们置在苦涩的和灰暗的生活情境中来加以反衬和烘托。林锦对过去几十年的乡村生活的这种审美方式和叙述方式，可能直接根源于他的生活经历和情感经历。南子曾说："少年歌德有其爱欲的情结，少年林锦则有另一种情结，或隐或现地在他的散文中（如《方帽子以外》《五年已逝》）透露出一些信息，这个情结就是所谓的'少年失学'。后来，林锦进入大学且获得硕士学位，这种情结还隐约出现在他的小说中。"南子的分析，可以说是准确地找到了林锦的乡土系列的基本母题与他生活经历的艺术联系。从林锦"少年失学"情境我们完全可以理解林锦在乡土系列创作中所展露的艺术个性。

　　林锦叙述乡村生活窘境的母题常常有一个第一人称叙述者"我"，而且从叙述结构和叙述语言来看，他的乡土系列的叙述比较接近散文方式，这无疑增加了微型小说文体的灵活性和读者对微型小说文本的信赖感，拓宽了微型小说的艺术创造空间。需要发微探幽的是，林锦的散文体的"窘境母题"究竟是怎样演变成为微型小说文本的？在阅读林锦的乡土系列作品时，我发现他很喜欢使用这样的叙述方法：先从容展开一件事情的叙述，当叙述到事情的核心情节时，他有意跳开这个情节并将跳开的情节移到作品的结尾才快速补出。核心情节被跳跃超越时作品可能出现一个误会，由这个误会使读者形成了阅读悬念，当核心情节移至结局被完整地补出时，悬念解开了，误会消除了，而给读者的一个令人震惊的意外结局也由此构成。《下毒》里从戒毒所出来的李九财以为母亲要下毒毒死自己，但第二天才知道母亲是要下毒给邻居作恶多端的狗。《手》写到老师因学生宝成的手脏、不剪指甲、洗不掉红颜料而一再罚他，可是待她家访时才发现她误会了，宝成一家的贫穷使他有一双永远洗不净的手。林锦这两篇作品的叙述方式非常富有代表性，他往往使用"跳脱叙述"的方法处理散文题材。他并不像一般的散文作者那样平铺直叙，从容道来，他用微型小说的特有叙述技巧，制造了叙述悬念和叙述波澜，并由此构成微型小说特有的意外结局和叙述情趣。这种"散文题材＋微型小说叙述策略"便形成了林锦这批回忆性的乡土微型小说的艺术特色。

"少年失学"的经历产生了林锦的"窘迫母题",而步入青中年并进入了城市题材的创作园地后,"窘迫母题"与林锦的城市题材的母题也有一种潜在脉络。在"窘迫"情境中长大的林锦对城市化、现代化的社会有着他独特的观察和体验,他对现代社会的传统美德和善良人性一往情深,他对商业社会中家庭与社会的道德失范特别敏感,他不温不火地用那些充满了现代生活情趣的故事嘲讽了一些扭曲的人性和沦丧的道德。在《保险箱》里他写出了欺骗对纯真爱情的亵渎。在《病》中他展示了商业社会的功利对传统家庭美德的冲击。在《旁观者》里,林锦活生生地刻画了言行不一的人物,这个口口声声要"教育大众"的吴达成实实在在应是一个真正的受教育者,他的形象深刻地概括了那种丧失社会公德的双重人格。家庭美德、社会公德、职业道德在社会进入城市化、现代化后正受到日盛一日的冲击,这是一个社会在走上现代化过程中必定要付出的沉重代价,林锦凭借他因"少年失学"而固守的人文精神对现代化进程中的"道德双刃剑"比别人有更多的敏感和更为充满激情的叙述,因而我看到"道德失范"的母题不断地出现在他的现代都市题材的微型小说创作中。当然,林锦既然在乡土系列创作中也写了"生活窘境中的人性美德",在他的都市系列创作中同样也写有"道德失范"大潮中的"人性美质"。只不过是像《对策》这样的在现代商业社会充满了生活情趣的爱情故事还是写得太少了。如果林锦在观察和理解现代生活时，也努力去发现诗意和诗美，也努力去用"道德高扬"的作品辉映"道德失范"的生活，也许林锦还会开拓出一块更阔大的艺术天地。

相对于乡土系列创作，林锦的都市系列创作的散文色彩逐渐减弱，在艺术上他更加追求精致和精美，追求微型小说的艺术化。这个艺术走向突出表现在他的微型小说的叙述方式的意识越来越清晰。《保险箱》可以有力印证这个艺术判断。在这篇作品里，林锦先放笔叙述了易永新的猝死给赵薇的打击，然后再用概括叙述和具体叙述的方式渲染赵薇与易永新的爱情，等到所有的文章都做足了，林锦开始"打开保险箱"——揭开谜底了。保险箱里没有百万现金和股票，也没有黄金，只有一束用丝带捆住的情书，收信人是赵薇的妹妹，写信人是易永新。戛然而止的结尾突然逼迫读者去重新翻至作品的开头——赵薇的妹妹自杀身亡，而易永新又心脏病突发猝死，叙述人并没有点破这二者有何联系，但读者从最后的那束情书上已猜测到了这两件事之间的必然联系。叙述人把赵薇的妹妹和易永新之间的"浪漫"故事全部交给读者去想象了。林锦在这篇作品中不仅成功地使用"斜升反转"的突兀叙述技巧，给读者构置一个强烈的阅读震惊，而且林锦还机智地设计了一个"叙述遮掩"，他让赵薇与保险箱的故事成为作品的表层结构，而且这个表层结构用典范的微型小说的"突兀叙述"来构建，同时，林锦又让这个突兀叙述的故事根源和动力连接另一个隐含的故事，这个隐含故事所有真相任由读者自己去想象。"突兀叙述＋隐含叙述"，既有微型小说的意外结局带来的瞬间冲击力，又有微型小说"遮掩叙述"带来的文本空白，恰到好处地延宕对读者的艺术冲击力。这篇作品在叙述方式上的巧妙设计，证明林锦都市系列创作中比较注重艺术的精美和叙述的机智，这为他的"道德失范"的叙述母题寻找到了恰当的叙述方式。